ひめゆりたちの「哀傷歌」

仲程昌徳

ボーダーインク

ひめゆりたちの「哀傷歌」/目次

初期のひめゆりの塔。仲宗根政善先生の「いはまくらかたくもあらん やすらかに ねむれとぞいのる まなびのともは」の歌碑が建てられている（那覇市歴史博物館蔵）

はじめに　6

1　ひめゆりたちの戦場
——野村ハツ子の「ひめゆりの乙女」……13

II　亡き友、逝く師
——喜納和子「あだん葉」……45

III　蘇り来る体験
——上村清子「平和の誓い」……79

IV　相思樹の歌人
——上江洲慶子「鎮魂のうた」……109

Ⅴ 歌を詠み続けた生涯……133
――親泊文子
Ⅵ それぞれの歌……151
――ひめゆりたちの詠歌
おわりに 182
あとがき 189

表紙・カバーデザイン 宜壽次美智
表紙写真（表） 女師・一高女校門前の相思樹並木（年代不詳） ひめゆり平和祈念資料館蔵）
表紙写真（裏） 女師・一高女正門（那覇市歴史博物館蔵）

はじめに

一九九五年一二月、沖縄県歌話会編になる合同歌集第19『黄金森』が刊行された。

大岡信は、同集について『新折々のうた5』の「あとがき」で、「本書の中でとりわけ大きな集団をなして取り上げられているのは、平成七年(一九九五)の終戦五十年を記念して編まれた沖縄合同歌集『黄金森』その他から取った、一カ月近くに及ぶ沖縄・奄美・台湾その他の作歌者たちの歌である」と、引用した歌の典拠を示したあとで「これは従来何かの形で紹介したいと思っていた沖縄の現代歌人の歌が、終戦五十年という一つの区切りの年に、百五十九人、三千百八十首がぎっしりつまった形で一冊にまとめられて発表されていたのを好機として、一挙に取り上げることができたものである」とその動機を述べていた。

大岡のこの紹介で、沖縄の短歌壇が多くの読者に知られるようになったのではないかと思うが、短歌そのものとは別に、あと一つ『黄金森』で確認できるようになったことがあった。

年刊合同歌集は、一頁二段に組まれ、上段には作歌者と作品集の表題、そして作歌者の出身地、職業、生年等を記し、下段に作品を組んでいた。当初は一段組、作品集の題名、その下に作歌者名、出身地、職業、出生年だけを表記していたのが、一九九五年の『黄金森』から二段に組み、作歌者の略歴に生年月日、住所、学歴、電話番号、所属団体、投稿誌等を記載すると同時に短い近況報告・自己紹介文を併載していた。

ひめゆりの塔に額突き花手向け還らぬ青春のわが親友よ
慰霊の日の休日存続訴ふるがにひめゆりの塔に雨はしぶけり

一首目は、嶋根春子、二首目は安室富美子の歌である。二首ともに「ひめゆりの塔」が読み込まれている。

女師・一高女出身者のひめゆりたちは「ひめゆり」をどう詠んだのだろうか、という問いに答えるには、どうしても、作歌者の出身校を知る必要があった。しかし、歌からそれを判別するのは、それほど容易なことではない。「ひめゆり」を詠んだのは、かならずしも女師・一高女、いわゆる「ひめゆり学園」の出身者だけであるとは限らないからである。

安室は女師・一高女の出身だが、嶋根は八重山高等女学校の出身であった。『黄金森』に記された学歴がなければ分からないことである。

香よき姫百合の咲くこの野辺に安らかに眠れよいとし娘ら

弥生草野にきわめども春は来ず乙女ら眠る姫百合の塔

島本巌の『一語一笑』に収録されている「ひめゆり」詠歌である。

島本は、敗戦後、旧三和村に住んでいて、ひめゆり学徒たちが亡くなった壕の周囲に立てられた木や板に刻まれた「鎮魂の歌」が、数多くあったのを見ていた。それが、一九五二年に参拝したときには、壕の周囲の整備がすすみ、そのほとんどがなくなっていた。島本はそこで、残っていた「十二首」を大急ぎで書き写したといい、それらの歌を紹介していた。

右に引いたのは、そのうちの二首だが、「十二首」には、「ひめゆり学園」出身者の詠んだ歌があるのだろうか。「ひめゆり学園」の歴史が長いことからすれば、ないとは言えない。島本は「惜しいことに、それを詠んだ人の名前までは記録していない」と書いていて、作歌者は不明である。しかし、作歌者名が記されていたとしても、判別するのは簡単なことではないであろう。

「ひめゆり」を詠んだのが、「ひめゆり学園」の出身者かどうかを調べる方法は、いろいろある。例えば、『ひめゆり同窓会　会員名簿』等に当たるといったことだが、もっと正確なのは、作歌者の略歴に、学歴が記載されている場合であろう。『黄金森』には、それが記載されているのである。どういう理由があって『黄金森』は、学歴を記載することにしたのかわからない。歌を鑑賞するのに、学歴など必要もないはずで、なくてかまわないし、『黄金森』以後、実際、学歴の記載は随意となっているが、「ひめゆり学園」出身者のひめゆり詠歌について知りたいと思っているものにとっては、学歴記載は、大きな助けとなるものであった。

ひめゆり詠歌を見ていくのに、『黄金森』を中心に据えた理由の一つだが、あと一つ、大切なことがあった。同集は「終戦50年」と明記していた。『黄金森』は、沖縄戦詠歌を特集した一冊ではないまでも、「終戦50年」号ということで、沖縄戦を詠んだ歌が数多く収録された歌集となっていた。

『黄金森』は、テキストとしてこれ以上のものはないといえるのである。そこから「ひめゆり学園」出身者及びその詠歌集の表題を抜き出していくと、次のようになる。表題とともに、生年月日、学歴および旧姓が記されている場合にはそれも併記した。記載は、『黄金森』に倣い、五十音順である。

安室富美子「胸のつかえのゆるぶ礎」（大正一三年一一月一一日生。昭和一七年沖縄県立第一高等女学校卒業）。

上里きよ「島影」（明治四二年生。〈旧姓・大城きよ〉。昭和三年沖縄県立高等女学校〈県立一高女の前身〉卒業）。

上江洲慶子「鎮魂のうた」（昭和三年一一月二〇日生。昭和二〇年沖縄県立第一高等女学校卒業）。

上村清子「平和の誓い」（昭和四年一一月二三日生。昭和二〇年沖縄県立第一高等女学校四年在学中沖縄戦の為学徒動員）。

大城美枝子「宝貝」（大正一一年三月一〇日生。昭和一三年沖縄県立第一高等女学校卒業）。

岡村トヨ「戦後の生活」（大正三年一〇月三〇日生。〈年記載なし〉沖縄県女子師範学校卒業）。

奥浜春子「突針」（大正五年三月二三日生。（年記載なし）沖縄県立女子師範学校本科第一部卒業）。

小渡千代子「砕かれし茶碗」（大正一一年九月二二日生。昭和一四年三月沖縄県立第一高等女学校卒、昭和一六年三月沖縄女子師範学校第二部卒）。

親泊文子「潮騒」（大正一四年一一月二八日生。昭和一九年沖縄師範学校女子部本科卒業）。

岸本ひさ「学童疎開」（大正九年八月一五日生。沖縄県立第一高等女学校、沖縄女子師範学校本科第二部卒業〈年記載なし〉）。

喜納和子「あだん葉」（昭和二年一月一五日生。沖縄県立第一高等女学校昭和一八年卒、沖縄師範学校女子部本科二年昭和二〇年卒）。

平良トヨ「人の子よ」（大正八年一月一日生。沖縄県立第一高等女学校卒〈年記載なし〉）。

知念京子「疎開の思出」（大正四年九月五日生。沖縄県立第一高等女学校卒〈年記載なし〉）。

桃原邑子「切り裂かれても」（明治四五年三月四日生。昭和四年沖縄県女子師範本科第二部卒）。

仲本のぶ「若きらの生」（大正一二年二月二日生。昭和一四年沖縄県立女師二部卒業）。

並里秀子「平和なら」（大正一一年五月四日生。昭和一七年沖縄県女子師範学校卒業）。

野村ハツ子「ひめゆりの乙女」（大正一二年一一月二五日生。沖縄女子師範学校本科一部卒業）。

與那嶺眞子「学童疎開」（大正九年八月二七日生。昭和一二年沖縄県立高等女学校卒）。


五十音順ではなく出生年順に並べ替えると明治四二年（一九〇九）上里、明治四五年（一九一二）桃原、大正三年（一九一四）岡村、大正四年（一九一五）知念、大正五年（一九一六）奥浜、大正八年（一九一九）平良、大正九年（一九二〇）岸本・与那嶺、大正一一年（一九二二）大城・小渡・並里、大正一二年（一九二三）仲本・野村、大正一三年（一九二四）安室、大正一四年（一九二五）親泊、昭和二年（一九二七）喜納、昭和三年（一九二八）上江洲、昭和四年（一九二九）上村となる。

一八名の出生年を見ると、明治の末年から昭和初年までと、幅が広い。それだけに、ひめゆり学園出身者の歌も、戦争詠に限らずいろいろとあるが、他に比べれば、沖縄戦と関わる歌が多く見られる。それは、収録歌の表題からもわかるとおりである。

『黄金森』に収録されたひめゆり学園出身者一八名という数は、収録作歌者数「百五十九人」に比べれば、そう多いとはいえない。しかし、他の学園出身者に比べれば、圧倒的に多いといっていいだろう。それは、他でもなく、ひめゆり学園の卒業者が多かったということ以上に、戦争で多くの学友を失っていたことと関係していよう。「終戦50年」は、あらためてそのことを確認させるものとなっていた。

『黄金森』に見られるのは一八名だけだが、ひめゆりと関わりのある歌を詠んだ女師・一高女出身者は、他にもいるのではないかと思う。それが判明すれば付け加えていくことにして、まずは『黄金森』に「ひめゆり」を詠んだ作品を発表した女師・一高女出身者たちの歌から見ていきたい。

I　ひめゆりたちの戦場

——野村ハツ子の「ひめゆりの乙女」

1

野村ハツ子は『黄金森』に収録した歌の表題を、「ひめゆりの乙女」としていた。収録歌は三月二三日に始まった陽動作戦を詠んだ「港川の艦砲射撃を皮切りに米、陸海空より島ねらい撃つ」（S20・3・23：PM7時）を最初におき、沖縄への上陸が現実になったことを詠んだ「忽ちに沖縄全土は火の海と化して住民とまどひ騒ぐ」の歌が続く。二首は、米軍の沖縄侵攻と、逃げ惑う人々の姿を詠んでいた。

「ひめゆりの乙女」は、沖縄戦の開始を告げる二首のあと、次のような歌を並べていた。

①学び舎に名残惜しみつつうからららと別れて乙女ら戦場へたつ（S20・3・24）
②雨霰と降る弾丸の中飯上げに乙女等は行く水盃交わし
③気が狂れし兵士は手足の無き兵の一つのオニギリも盗りて食うべぬ
④オニギリを盗られし兵に乙女らは己は食べず与へてなだめぬ
⑤下顎を撃ち抜かれたる傷兵のもの言ふ度に蛆のとび来る
⑥切れし手や足をば運びて壕外に捨つるにぞっとす乙女心は

⑦咳さへも敵に聞こゆと止められてひそと暮せり暗き壕内
⑧学生さん連れて行ってと重傷の兵は言ひたり心乱れぬ（南風原／壕で解散命令、S20・6・18夜）
⑨青酸カリと知りつつ飲み干す重傷の兵あり乙女ら顔をそむける
⑩ガス弾を撃たれて壕内苦しいと泣き叫ぶ声に地獄と化しぬ
⑪息たへし母の乳房にすがり泣く戦場の幼児皆は見捨てし
⑫死体をばまたぎまたぎて逃げまどふ民も軍も清き乙女等も
⑬海行かばと歌ひ終へて校歌をば涙の中に乙女等ら死にし

そのあとに五首あるが、五首の最初の歌は「美わしき緑の野山車窓より見つつ偲ぶも五十年《いそとせ》前の日」というのである。ひめゆりと直接かかわりのある歌は、⑬の歌までで、都合一三首ということになる。

一三首を簡単に類別すれば、①は学園出発、②から⑨までは南風原陸軍病院壕での活動、⑩は伊原野第三外科壕の惨劇、⑪から⑬までは学徒隊解散後、壕を出たのちのことを詠んだものといったようになるであろう。さらに要約すれば、一三首は「学び舎」を出発し、島の果てに追い詰められ最後を迎えるまでの行程を詠んだもので、ひめゆり学徒たちの足跡を追ったものとなっていた。

あらためてその①から見ていくことにしたい。

ひめゆり学徒たちが、南風原陸軍病院に向かったのは一九四五年三月二四日。付記された日付は、その日のことを詠んだということを示したものであった。

「学び舎」に別れを告げた日のことは、多くの学徒たちが書き残していた。次に引くのは、その一つである。


三月二十三日の晩、私たちは、一高女の校長先生で、私たち師範の部長先生である西岡一義部長住宅のすぐ前の広場に集まりました。みんな頭巾をかぶって、リュックを背負って、救急カバンを肩にかけていました。

西岡部長から、「いよいよ敵はこの沖縄に上陸するらしい。今日かぎり学校は閉鎖する。直ちに軍に協力せよ。日頃訓練したことが、実際役に立つ時がきた。ひめゆり学徒としての誇りを持ち、その名に恥じないようにしっかり頑張ってくれ」といった趣旨の訓示を聞きました。そして西岡部長は「僕は軍命令で、司令部壕に行かなければならないから、みんな先生方とともにしっかり働いてくれ」と言って、一人一人と握手しました。

島袋淑子は『ひめゆりとともに』(二〇一八年三月一日　フォレスト)でそのように記したあと、まだ戦争の恐ろしさなど何も知らず、行くところは病院なのだから攻撃されることなどあるはずもないと信じていて、なんの不安もなかったといい、「一高女の生徒六十五名、師範の生徒百五十七名、合わせて二百二十二名の生徒が、十八名の先生方に引率され、南風原陸軍病院を目指し」た、と続けていた。

野村は、生徒たちが「うかららと別れて」戦場に向かったと詠んでいた。本村つるの『ひめゆりにささえられて』(二〇一六年六月一一日　フォレスト)を見ると、二三日は、米軍の大編隊による空襲で夜が明けたこと、最初の避難場所から識名の高射砲陣地へ移動したこと、夕方白米のオニギリをもらって寮に戻ったといったことを書いていて、そのあとに「その日の晩、寮にいる生徒たちは全員、陸軍病院へ動員されることになった。親たちへの連絡も出来ないままであったが、慌ただしくて、連絡のことなど考える余裕もなかった」と続けていた。

本村の記述からすると「うかららと別れて」というのは、野村の創作のように思われるが、西平英夫の『ひめゆりの塔　学徒隊長の手記』（一九九五年六月二〇日　雄山閣）を見ると、校長の挨拶が済んで別れの握手があったあと、一高女の教官の号令で、一高女生から出発していく際、「行ってまいります」「気をつけてね」「お母さんも元気でね」といったように「見送りの父兄と最後の別れを交わして通用門から次々と出て行った」とある。

本村は、父兄に出発の連絡をすることができなかったが、その日、学園に駆けつけて来た父兄もいて、歌に歌われているように「うからら《ヽ》と別れて」戦場に向かったのもいたことがわかる。

生徒たちが学園を出発した日は島袋、本村が記している二三日か、それとも野村が付記していた二四日か。戦記には、どちらも見られる。『沖縄戦の全学徒隊』（ひめゆり平和祈念資料館　資料集4）は、「動員」の項で、「一九四五（昭和二〇）年三月二三日、上陸に向けた米軍の猛爆撃と艦砲射撃がはじまった日の夜、女師・一高女の学徒たちに沖縄陸軍病院への動員命令が下され」たとして、月明かりのなかを「南風原病院へと急ぎました」と書いていた。それが現在の定説だが、仲宗根政善『ひめゆりの塔をめぐる人びとの手記』には、「一九四五年三月二十四日」の一〇時頃「艦砲だ！　港川に艦砲がはじまった」という那覇署の警官の言葉があって、その晩、部長住宅の庭に集合し、部長が訓示を述べ、「部長住宅の西門から南風原陸軍病院へと出発した」とある。　野村は、多分『ひめゆりの塔をめぐる人びとの手記』によったのであろう。

野村の歌からひめゆりたちのひめゆり詠歌を始めたのは、学徒たちが戦場に向かった日のことが歌われていたからである。いわゆる「ひめゆり学徒隊」として知られるようになる悲劇の幕が上がった日が詠まれていたということによるが、あと一つには、それが「学び舎に」と歌いだされていたということもある。

ひめゆりたちが名残を惜しんだ「学び舎」は、一体どんなところだったのだろうか。それを知るうえで格好な書に『ひめゆり学園』(ひめゆり平和祈念資料館資料集2)がある。同書は、『資料館だより』の「第五号から第一四号までに連載したシリーズ『ひめゆり学園』をまとめたもの」だという。同書から、沖縄戦前夜の学園について書いた箇所を抜き出していくと、学園の敷地は約八、〇〇〇坪、普通教室、特別教室のほかに講堂、体育館、図書室、郷土資料室、修養道場、衛生室、同窓会館、プール、農場などの施設があり、隣接して附属の小学校があった。

「ひめゆり学園」は、沖縄女子師範学校(昭和一八年から師範女子部)と沖縄県立第一高等女学校との併設校であった。戦争前、両校の生徒たちが学んだ教科を見ていくと、①修身・

作法　②公民科　③国語（講読・話方・作文・文法・習字）　④英語　⑤歴史（国史・東洋史・西洋史）　⑥地理　⑦数学　⑧理科（博物＝動物・食物・鉱物・物理・科学）　⑨図工　⑩家事（育児・家庭経済・食物）　⑪裁縫　⑫手芸　⑬音楽　⑭体育　⑮農業　⑯機織とあり、前者にはさらに⑰教育（教育心理・教育原理・教育史・教育管理）⑱哲学が課された。

広々とした学園の整備された施設で行われた充実した教育も、一九四三年ころまでで、四四年に入ると、「学園が急速に軍事化され」、「五月ころから週一、二回の陣地構築作業にかり出されるようになる。一一月には看護教育が始まり」、二〇年一月からは「授業時数が減らされ、作業が多くなり、二月には、いよいよ陸軍病院での看護の実施訓練が」始まっていく。

「戦争前夜のひめゆり学園（昭和一九年四月～昭和二〇年三月）」で、もう少し詳しくその間の様子をたどれば、次のようになる。

一九四四年三月二二日創設された沖縄守備軍（第32軍）の軍医部と経理部が、四月には女師・一高女に駐屯、牛島司令官、長参謀長などが時々来校し、講堂では兵棋会議（作戦会議）が行われ、運動場では乗馬訓練があったりした。

生徒たちには四月一日から「制服の胸に、住所、氏名、血液型を書いた名札を付けさせ、もんぺと防空頭巾が義務付けられ、救急カバンも常時携帯となり」、本科二年生には、空襲にそなえ「不寝番」が課された。

五月からは小禄飛行場建設に動員される。また「食料増産のためオランダ屋敷（現那覇市安里八幡宮付近）の開墾や与儀農事試験場への労務提供」などがあり、九月になると、動員作業が本格化する。授業は三部制になり、「隔日もしくは週二日は陣地構築作業にかり出され、授業は週三日ほどに」なっていく。一〇月には、那覇大空襲があり、二、三週間ほど休校になる。二〇年に入ると、一月早々の空襲で「校舎が半壊、運動場、図書館、南寮全部、第三校舎、北寮三室が被害」をうける。二月下旬から「南風原の陸軍病院で実施訓練が開始され、患者の看護や注射の打ち方の練習、解剖の見学などの臨床的な訓練」が行われた。

そして三月二二日「寮で恒例の留送別会が」あり、「卒業生の前には、赤飯、紅白の饅頭、カステラなどが並べられ、在校生の送別の辞、卒業生の謝辞の後、在校生の趣向を凝らした余興が演じられ」いよいよ会が盛り上がっていくなかで、停電になり、「最後の宴は中止に」なる。翌三月二三日、激しい空襲があり避難。夜になって学校に戻り、「救急かばんや非常袋（リュック）にわずかの着替えと学用品、そして大切な写真や日記帳を詰め」、「南風原への出発の準備」を整えた。夜半、教師一八名に、当時寮に残っていた生徒を中心に師範生一五七名、一高女生六五名の計二四〇名が、南風原へ向かった。

『ひめゆり平和祈念資料館資料集2　ひめゆり学園』の記述を簡単に追ったものだが、戦争直前の学園の様子がある程度わかるのではないかと思う。

野村の①の歌は、一九四四年から四五年にかけて急速に軍事化していった「学び舎」を後にして南風原に向かう学徒たちの様子を詠んだものであった。

中川成美は、「戦争は突然に始まった」といわれるがそれは間違いで、「戦争は周到に準備された計画なのだ」(『戦争をよむ』岩波新書)と指摘しているが、「学び舎」の推移をみると、まさにその通りだとしかいいようがない。
②は「飯上げ」が命がけの仕事であったことを詠んだものである。
『ひめゆり平和祈念資料館　ブックレット』によると、南風原陸軍病院壕での学徒たちの仕事には、次のように「患者の世話」「引率教師の補佐」「手術や治療の手伝い」といったのがあった。

1、「患者の世話」
・水や食事を配る

・尿や便の世話、片付け
・ウジ虫を取る
・包帯交換の手伝い
・飯上げ（食事の運搬）
・死体埋葬

2、「引率教師の補佐」
・各壕への伝令（軍の命令を伝える）
・生徒の安否を確認
・負傷した生徒の救護
・死亡した生徒の埋葬
・死亡した生徒の遺髪や爪をとる

3、「手術や治療の手伝い」
〈手術室〉

・手術用の水くみ
・器具の煮沸消毒
・綿球づくり
・ランプのそうじ
・手術中にろうそくで傷口を照らす
・手術中に患者の手足を押さえる
・汚物や切断した手足を外に捨てに行く
・患者を病室に誘導する
〈治療班〉
・薬品箱を持って軍医や看護婦の治療を手伝う
・包帯交換の手伝い
・ウジ虫をとる

「患者の世話」について『ブックレット』は、「水をくれ」とせがむ患者たちや、「おしっこがしたい」と世話を頼む手足を失った負傷者の訴えに応じ、さらには「痛い、痛い」と叫び続ける負傷兵たちの要求にこたえるため生徒たちは懸命に走り回ったと書いていた。

そして「飯上げ」について

飯上げは、離れた炊事場までご飯をとりに行く仕事です。ご飯が入った樽は重く、二人がかりで運びました。ご飯を待っている患者のため、ぬかるんだ坂道で足が滑っても、弾が近くに落ちても、樽をひっくり返さないように気をつかいました。


と、書いていた。

野村は、「飯上げ」が、命を危険にさらす仕事であったことから、最期を覚悟して「水盃を交わし」て出ていったと詠んでいた。

「飯上げ」がいかに危険であったかは、比嘉園子の手記によく表れている。比嘉は、「『飯上げ』がもっとも危険な仕事でした」といい、続けて「夜の九時と夜明けの四時ごろの二回、衛生兵に引率されて、看護婦、学生の四名が必死の覚悟で出かけるのです。無事に帰れないかもしれない、そんな気持ちで人知れず服装を清くととのえ出かける習慣が私たちのあいだにはありました」（『ひめゆりの沖縄戦——少女は嵐のなかを生きた』）と書いていた。

③④は、満足するほどの食事を与えることができなかったため、「オニギリ」の奪い合いがあったりしたこと、生徒たちは、食べるのを断念したことなどが詠まれている。「オニギリ」については、宮良ルリが語っている様に「最初のころのおにぎりはテニスボールほどの大きさがありましたが、だんだんと小さくなって、しまいにはピンポン玉の大きさになり、それを一個ずつ配る」ようになっただけでなく、「初めのころには朝晩二回の食事がありましたが、途中から一回に」なった、というように、食糧事情の悪化が目立っていった。

⑤は、「蛆」を詠んだものである。生徒たちの手記や証言に数多くみられるものの一つである。野村の歌は、宮良の書いた手記『私のひめゆり戦記』を読んで詠まれたのではないかと思われるほどである。

宮良はそこで「顎をやられて、歯がぐちゃぐちゃになり、声もはっきり聞きとれなくなっている兵隊が『学生さん、学生さん』とそばを通る時」に呼んだこと、「『学生さん、ここにウジが』といって顎の傷口を指さすので、かん詰の空きかんに重油を入れ、布切れを芯にした重油ランプの灯を近づけてみると、傷口にたかったウジ――傷口はウジでふさがっていたこと、「患者が『オホッ、オホッ』と咳をすると、ウジがピョンピョン飛び出して来た」といったことを書いていた。

蛆は、生徒たちが、傷の手当てをするにあたって大層手を焼いたもののひとつである。

⑤の歌は、宮良の手記と関りがあるように思われるが、⑥の歌と関りのある証言ということになれば、瑞慶覧初枝の「鋸で切り落とした足」（『ガイドブック』）をあげることができる。瑞慶覧は、そこで、手術壕は、毎日満員で、負傷兵は、順番がくるまで、止血帯をしたままで放置されてしまうため、「血が通わず、手足切断の破目になる」ので、軍医は、いったい「衛生兵教育はどうなっているんだ」と、腹立たしそうにぼやいていた、といい、

毎晩、五、六本手や足が切断されるのです。私達は切り落とす手足を支える役目です。鋭利な刃物で、最初に皮を切り、次に肉を切ります。ゴシゴシ、鋸で骨が切り落とされた瞬間のたとえようもない手足のあの重さ。あの不気味さは未だに忘れないのです。明け方、血の気もなくなり、白くなった手足を、埋めるのも私達の仕事でした。

と書いていた。

⑦は、敵に聞こえるから「咳はするな」といわれ、壕内は「ピーンと糸を張ったような緊張感」に包まれた、といった宮良の証言（「こんなところで死んでたまるか」『ガイドブック』）、

⑧の歌も同じく宮良の証言「戦場で葬式もした」（『ガイドブック』）に見られる、

重傷患者達は、二段ベッドから自分で転げ落ちて「学生さん連れて行ってー」と、必死に叫ぶんですよ。落ちてそのまま、苦しそうに唸っているのもいました。その騒ぎを見て、壕入り口にいた将校は、日本刀を抜いて立ちふさがり、「歩けない患者を連れて行くのはたたっ切るぞー」と言ったのです。どうしようもありません。私達は、患者を残したまま、壕を出ました。

といった箇所などを参照して詠んだのではないかと思われる。
⑧と⑨は、南風原陸軍病院壕から南部への撤退の際起こった出来事を詠んだものである。
⑨の歌に関する証言には、津波古ヒサの「青酸カリを混ぜたミルク」がある。津波古は、そこで次のように書いていた。

「お手伝いしましょうか」

と、かけ寄りました。そしたら凄い表情で私を睨んで「まだいたのか！　敵はそこまで来ているんだ　何しているか！」と怒鳴ったのです。私は壕入口に後ずさりしました。衛生兵は私達に背を向け、ミルクを調合し、両手に四、五個ずつ持って、壕の奥や横壕に入って行きました。壕内はシーンとしていましたが、しばらくすると、急に興奮した叫び声が響いたのですよ。

「これでも人間か！　お前たちのやることは！」

両足切断の患者がわめいているんです。衛生兵はその患者を引きずって、奥の方へ連れて行きました。

ミルクには青酸カリが入っている、と感づいて騒ぎ出したのだと思います。足手まといになる重傷患者は青酸カリ入りのミルクで処置するのだ、と兵隊が以前話していたのを思い出し、急に私は足もガクガク震え寒気がしてきて、髪の毛穴までふくれる思いです。

⑧の歌と⑨の歌との間に野村は、「(南風原/壕で解散命令、S20・6・18夜)」と書き入れていた。それは、多分⑧の歌までは南風原陸軍病院壕でのことで、⑨の歌からは、南部へ撤退したあとのことを詠んだものであるとして、その区切りに挿入したのではないかと思わ

れる。しかし、それは、⑨の歌と⑩の歌との間に入れるべきものであった。⑧の歌と⑨の歌との間に入れてしまったのは、手違いであろう。⑨は、南風原陸軍病院壕からの撤退の際に起こった出来事を詠んだ歌に違いないからである。

⑩は、野村が付記していた「S20・6・18夜」学徒隊解散を告げられて、脱出に手間取っている間に起こった学徒たちの惨劇を詠んだものである。その様子を、生々しく語ったものとしては宮良ルリの証言がよく知られているが、他に、城間素子の証言もあった。

城間はそこで「六月十九日未明」に敵が現れ、「黄燐弾」が投げ込まれ、「青い火花」が散り、兵隊の上着がギラギラ光ったといい、次のように続けていた。

「黄燐弾だ。早く上着を脱げ。皮膚まで爛れるぞ！」と叫びました。兵隊は慌てて上着を脱ぎ捨てていました。また同じのが投げ込まれ、青い火花はそこら一面に飛び散りました。三回目は、カーンと大きな金属音が響き渡り、転がり込んで来た筒の先から、白い煙がもうもうと噴き出したのですよ。そして、あっという間に、一寸先も見えなくなってしまったのです。

「ガスだ！」

と兵隊が叫んだので、いよいよ大騒ぎになりましたね。「ハンカチに水筒の水を浸して、マスクしろ！」と言う誰かの声で、大勢が必死に一つの水筒を奪い合いました。次第に息が苦しくなってくるので、手探りで外に逃れ出ようと、皆から離れたのです。そしたら

「素ちゃん！」

と誰かが私の名を呼んで、足にしがみついたのです。動けなくなってもたもたしている中に、手足がしびれ次第に身体の感覚がなくなっていったのです。朦朧とした意識の中で、東風平先生が歌う声や、先生、お父さん、お母さん、と呼ぶ声、級友の名を呼ぶ叫び声などを、まるで夢かなんかのように聞きながら、倒れたところまでは記憶にあります。

「黄燐弾」が投げ込まれたのは第三外科壕。仲宗根政善の『ひめゆりの塔をめぐる人びとの手記』によると「第三外科は十九日未明を期し、壕脱出をはかったが、不幸にして機を失して敵襲にあい、職員五名、生徒三十五名、その他、看護婦と、炊事婦二十九名、兵隊、民間人六名などあわせて総計約百名の者が第三外科洞窟に悲惨な最期をとげた。現在ひめゆりの塔の建っているところが、第三外科壕である」とある。

ひめゆりといえば、「ひめゆりの塔」がすぐに思い浮かぶのは、そのように多くの生徒が

亡くなった場所であること、そしてそこに塔が建てられたことによる。

⑪⑫は、解散命令後のことが詠まれたもので、⑪は死んだ母親の乳房にすがりついてなく乳児の姿を、⑫は、追い詰められた生徒たちの最後が詠まれたものである。

⑪に関しては、「私たちが敗残行をつづけていた頃、しばしば、目に映った痛ましい情景は母の死体に縋って乳房をふくんでいる幼な児の姿であった」(浦崎純著『消えた沖縄県』一九六五年一〇月二五日　沖縄時事出版社)といったのがあった。

死んだ母親の乳房に縋り付いたまま亡くなっている乳児の姿を詠んだ「息たえし母の乳房によりすがりそのままはてし乳呑児のあり」(『蚊帳のホタル』)といった歌が仲宗根政善にもあるが、「乳呑児」の死は、よりあわれさをさそうものがあった。そしてそれは「敗残行」のなかでだけ起こっていたのではなく、収容所でもあったのである。

私達が看護についたその日の夕方三十歳位の母親と乳呑児が一つの担架に乗せられてきました。母親は負傷しているらしいけど派手な和服を上からしどけなくはおっていて傷口は見えませんでした。母親にすがりついている子供は無傷でした。「夫は海南島に行っている」とのことでしたが、どうも破傷風になっているのではないかしらという感じでてした。二、三日してその病棟に行くと母親はもう冷たくなっていてその乳房に子供がしがみついていました。戦場でたくさんの死体を平気で見てきた私なのに思わず息をのみました。

死んだ母親に縋り付く幼児の姿は、戦場だけでなく収容所でも見られた。戦場を逃げ惑っていた時は、そのような死体を横目に通り過ぎることもできたが、収容されたあとは、平気でいられなくなったというのである。

戦場は、普通の感覚を失わせてしまう。それは、どこを見ても、死体だらけであったことによる。それをよく表しているのが⑫の歌であった。

長田ハルは、壕を脱出したあと、弾丸の飛んでくる中を逃げ惑いながら見た光景を、次のように記していた。（「糸洲部落は死体の山」『ひめゆり平和祈念資料館』）

まず驚いたのは、子どもを負ぶった女の人です。手を伸ばして死んでいましたが、背中には子供が、これも血まみれになって死んでいたんです。びっくりしました。でもその時私は、こんな具合に一発で死ねたらなと走りながら考えていましたね。

道は死人でいっぱいなんですよ。兵隊もいるし……。でも住民がはるかに多い感じでした。

近くに水飲み場があると聞いていたので行ってみたら、そこも折り重なるように沢山の死体なんですよ。(中略)
しばらく行くと、門の所で大きな男の人が万歳をする格好で亡くなっています。兵隊でした。
またびっくりしてそこを過ぎたら、今度は石垣の角にうずくまってね。艦砲を避けようと隠れていたのか、座ったまま死んでいました。そこからちょっと行くと、両足ともどこに吹っ飛んだのか分からない死体がありました。目も当てられない状態でしたね。

どこもかしこも死体だらけであった。
そのような中を学徒たちは右往左往していたのである。
⑬の歌は、追い詰められた生徒たちが迎えた最後の場を詠んだもので、歌は、次のような証言を髣髴とさせるものがあった。

この十三名は月に向かって「海ゆかば」を歌った。明日は喜屋武の海で水漬く屍となるか、あるいは上里の草むらで草むす屍となるかもしれない。全霊をこめて歌った。人生わずか二十年、祖国日本のため大君の御楯として立つことのできる誇りがあった。私たちの気持ちは大きかった。死にも光明をいだいていた。校歌を歌いつついとしの友が同じ思いで清き白ゆりと散る。目に親しの「相思樹の歌」も歌った。

久田祥子の証言である。

この一三名の中には引率教師の仲宗根政善もいた。仲宗根もまたその場について「ときどき遠くの方で小銃の音が聞こえた。誰かが歌い出した。生徒たちはまだ皇国の必勝を信じていた。『海ゆかば』を歌った。『勝利の日まで』も歌った。『別れの曲』も歌った」と書いていた。

野村ハツ子の「ひめゆりの乙女」に収録された歌は、そのようにひめゆり学徒たちが、学園を出発し、南風原、伊原そして避難の最後の場までを写し取ったかたちになっていた。しかも、それぞれの歌がひめゆりを語る際、必ず出てくるといっていい事柄が詠まれたものになっていた。

野村は、一九四三年、師範本科一部を卒業していた。略歴紹介のかたちで「昭和十八年、新卒の私は、児らと共に楽しく学び遊べる幸せに胸を膨らませていた」と書いているように、

「ひめゆり学徒隊」が南風原に向かった時には、すでに教師として教壇に立っていたのである。

野村の歌は、自分自身の体験を詠んだものではなかった。野村は、話を聞くか、手記等に当たって詠んだといっていいだろうが、ひめゆり学徒隊と、そう年齢が隔たってなかったこともあって、身につまされるものがあったといっていい。

ひめゆりについて書かれた本は、それこそたくさんある。それだけに、野村がどの本を読んで想を得たか確定することは難しいが、それぞれの歌が、ひめゆり学徒たちの証言とつながっていたことや、ひめゆり学徒隊の何に心を打たれたかといったことが分かるものとなっている。

2

『黄金森』に収録された野村ハツ子の歌を見て来たが、これらの歌は、『黄金森』の発刊に合わせて詠まれたものではなかった。わかりやすく言えば「終戦50年」に因んで詠まれたものではなかった。

『黄金森』に掲載された歌は、一九八六年(昭和六一)に刊行された『赤星』に「ひめゆり部隊と沖縄戦」と題して発表された二四首の中から採られていたのである。
「ひめゆり部隊と沖縄戦」は、次のようになっている。

港川の艦砲射撃を皮切りに米・陸海空より島をねらひ撃つ（S20・3・23　朝七時）
忽に沖縄全土は火の海と化して住民とまどひ騒ぐ
学び舎に名残惜しみつつうからら《ら》と別れて乙女ら戦場《いくさば》へたつ（S20・3・24）
雨と降る弾丸に怯《ふ》へて気の狂れし兵士は壕に縛られてゐき
気が狂れし兵士は手足の無き兵の一つのオニギリも盗りて食うべぬ
オニギリを盗られし兵に乙女らは己は食うべず与へてなだめぬ
下顎を撃ち抜かれたる傷兵のもの言ふ度に蛆のとび来る
蛆じゅわじゅわ虱は走る壕内に血の匂ひ・便尿の匂ひにむせぶ
薬なく唯傷の蛆とり排尿させ死体運びて一日《ひとひ》疲るる
土塊《つちくれ》を運ぶごとくに戦死せる兵運び出し土をかけたり
壕内の酸欠計るバロメーターにローソク灯《とも》せどすぐに消えたり
学生さん連れて行ってくださいと重傷の兵は言ひたり心乱れぬ（南風原第一外科壕で解散

命令、S20・6・18夜）
ミルクぞと重傷兵を欺きて青酸カリを配りて立ち退く（後で聞いたこと）
ジャンケンに勝ちたる学友等第三外科に行きたり惨劇にあふとは知らず
ガス弾の撃ちこまれし壕は苦しいと泣き叫ぶ声に地獄と化しぬ（S20・6・19第三外科）
己が尿をタオルに浸して鼻蔽ひしにいつしか夢のごと寝入りたるらし
蛆たかる死骸《むくろ》かきわけ壕入口に這ひずり登りて水を求めし
蛆々蛆で死体かたどられし学友の上には媼《おうな》の白髪頭ぶら下がりゐし（以上第三外科壕にて）
息をせぬ幼を背《せな》に髪ふり乱し弾丸霰の中さ迷ふ母子
息たへし母の乳房にすがり泣く戦場の幼児見捨て行きにし
何処方《いずかた》へ行けばよきか誰も知らず足のむくまま戦場さ迷ふ
草叢《くさむら》はふくれあがり死体並むその中匍匐前進生き場求むる
戦争とは人が人でなくなると末の世まで語り伝へむ
これの世にかかる戦《いくさ》ゆあらせるなと群星《ぶりぶし》に向かひ切に祈りぬ

『黄金森』に収録された歌は、『赤星』からその多くをとっていたことがわかるが、『赤星』

と『黄金森』を比べると、『赤星』の方が、より戦況の推移を追ったものになっていることがわかる。ここで、『黄金森』に再録されてない歌のいくつかについて、見ていくことにしたい。

まず「壕内の酸欠計るバロメーターにローソク灯《とも》せどすぐに消えたり」についてである。学徒隊が、当初入った南風原陸軍病院壕は、まだ完成してなかったため、ローソクの明かりをたよりに、壕を掘る作業をしなければならなかった。しかし、すぐに炭酸ガスが充満し、ローソクが消え、作業はなかなかはかどらなかった。

そこで始まったのが「防空頭巾」振りであった。

「換気用意！さあ　防空頭巾を振りましょう」
親泊千代先生の明るい声が壕内に響くと、生徒たちは「勝利の日まで」を歌いながらいっせいに防空頭巾を打ち振りました。しばらくすると、パッとろうそくが灯り、生徒たちは歓声をあげてまた壕堀り作業をつづけました。

宮城喜久子の『ひめゆりの少女　十六歳の戦場』（高文研　一九九五年七月）に見られるも

のである。沖縄の戦闘が、いかに貧弱な設備しかないなかではじまったかは、この事例一つとってもわかる。それがひいては、多くの犠牲者を生むことにもなったのである。

次は「ジャンケンに勝ちたる学友等第三外科に行きたり惨劇にあふとは知らず」についてである。この歌については、少しく説明が必要かと思われる。

米軍は、六月一〇日ころから、伊原に迫り、激しい爆撃をはじめていく。一四日の夕方、本部壕の入り口に爆弾が落ち、食糧調達に出かけるため、入り口近くにいた学徒をはじめ病院長が犠牲になる。翌一五日、病院長を失った陸軍病院は解散して前線に出る、という総務部長の話があり、学徒たちも移動することになる。

西平先生は「十二名全員が一つの壕には入れないので、第三外科と第一外科に移動する」といわれた。私達は全員が、堅固な第三外科壕を希望したが、かなえられず、半々に分かれることになり、学年同士ジャンケンで決めることにした。勝った方は第三外科へ、負けた方は第一外科へと（本村つる『ひめゆりにささえられて』）。

結果は野村の歌に詠まれているように、学徒たちが行くことを希望した第三外科壕が惨劇の場となっていったのである。

「己が尿をタオルに浸して」、「蛆たかる死体《むくろ》かきわけ」、「蛆々蛆で死体かたどられし」の三首は、第三外科壕で起こったことを詠んだもので、その一首目と三首目について、歌の理解を助けてくれる次のような証言が残されていた。

まず一首目である。

　黄燐弾の青い光が、パチパチ燃えていました。初めはなんとか息もできたのですが、目や鼻が刺すように痛み出し、息が非常に苦しくなり、もうパニック状態です。「ガスだー。小便をして防げ」という声が聞こえました。もうだめだと思いました。（中略）。それからもうろうとした意識の中で、すべてが消えてしまったのです。後は何も知らないのです。

ガス弾被災時の状況を書いた大城信子の「姉の名を呼び続けて」に見られるものである。三首目についても次のような証言をあげることができる。

意識を取り戻してから4日位壕で過ごしたと思います。死体は全部蛆が湧き出ていました。壕の主のお婆さんは梯子段で宙吊りになって死んでいて、頭の白髪がストストと下に落ちて来るのです。見たらもういっぱい蛆なんですよね。板梯子の所に真っ白い花が咲いていると思いましたら、それがみんな蛆なんです。群がった蛆が白い花に見えていたのです。

宮良ルリの証言「こんなところで死んでたまるか」(ガイドブック)に出てくるものである。野村の「ひめゆり部隊と沖縄戦」は、ひめゆり学徒隊の書き残したそのような証言を読んで、詠まれたものであろう。

野村が、短歌を作り始めたのはかなり早い。野村は一九九八年の『玉黄金』に「小学校高等科二年(昭和十二年)の時、青空を飛ぶ日の丸の飛行機を見て一首作った記憶がある。九條武子歌集『無憂華』を読み始めていた。/その後、終戦直後、瀬嵩の難民収容所で嘉味田宗栄先生と出会って、息子さんと三名で短歌会らしき集いを何回か持った」という。嘉味田宗栄は、のち琉球大学国語国文学科の教授として文学、とりわけ表現論にとりくんでいった研究者で、野村は早くから知遇をえていたのである。小学校高等科時代はともかく、「敗戦直後」から「短歌会らしき集い」に参加していたことから分かるように、早くから、歌を詠んでいた。他のひめゆりの多くが、定年近くになって歌作を始めていたことからしても、異例であったといっていいだろう。

II

亡き友、逝く師

――喜納和子「あだん葉」

1

『黄金森』には、野村ハツ子の「ひめゆりの乙女」と同じように、他にもひめゆりを詠んだ歌を数多く収めた詠歌集が見られた。その一つが喜納和子の「あだん葉」である。「あだん葉」には、次のような歌が収録されている。

①砲煙の岩間くぐもり教え子ら支えし恩師は黄泉の旅路へ
②花満たし迎えよ亡友よ師は逝きぬ五十年を平和の礎となりて
③亡き学友と通いし並木路靴底の花ぶさの感触今に忘れず
④相思樹の枝に夏ぐれ降り止まず今日一日佇つ亡友の碑前に
⑤砲弾を避けあだん林に潜みしとう群なす棘は柔肌さすも
⑥あだん葉のとげの辛さは知らざりと砲弾におののく戦場にあれば
⑦あだん葉の先をふふみて雨しずく受けしと姫百合の学友は語りぬ
⑧恩納ナビーと万葉相聞の歌並べ板書せし亡師の指先の顕つ
⑨琉球の歌人ナビーの短歌称え熱く説きし師の遠き日の授業

⑩チョークの色濃く細き板書の文字今に顕ち来ぬ塔眠る師の
⑪白壁の奥にいずれの花ならん塀越すまでの清しき香り

「あだん葉」には二〇首おさめられていて、その中の一一首がひめゆりを詠んだ歌だとすぐにわかるものとなっている。

一一首は、恩師、相思樹、あだんそしてひめゆりの塔を詠んだ歌に分けられる。まず恩師を詠んだ歌から見ていきたい。

①は戦場で生徒たちを守ってくれた恩師が亡くなったことを偲んで詠まれた歌であるが、問題は、喜納が、ここで指している「恩師」とは、一体誰なのか、ということである。

「教え子」たちを引率し、生き残った「恩師」としてまず真っ先に思い浮かぶのは学徒隊長の西平英夫である。西平の他にも戦後教師として教壇に立った「恩師」といえば、与那嶺松助や大城知善、岸本幸安等がいるが、歌の「恩師」が指しているのは彼等ではなく仲宗根政善であろう。

その根拠の一つに、仲宗根が、一九九五年の二月に亡くなっていたことが上げられよう。喜納の「あだん葉」を掲載した『黄金森』が刊行されたのは同年の一二月。「あだん葉」に収録された歌がいつ詠まれたものかはっきりしないが、その年に亡くなった仲宗根の死に触発されて詠まれたということはあろう。さらには仲宗根がひめゆり学徒隊の手記をまとめて出版していたこと、ひめゆりたちを詠んだ歌集『蚊帳のホタル』を上梓していたといったことなどがある。

仲宗根の『ひめゆりの塔をめぐる人びとの手記』は、生徒たちの手記を集めて編んだものだが、そこに仲宗根は、自作の短歌を織り込んでいた。

やさしさのきはみに燃ゆる火のごとく生き埋めの勇士をいだくみとりめ
与座川の清水をあびて我死なむ望みたえたる戦に追はれ
繃帯をちぎりて道のしるべとし霧深き夜をのがれ行きたり
めしひなるつはものつれて乙女ごのぬばたまの夜を摩文仁へ去りぬ
あけそむる野べに蛙の鳴きしきり砲声は止まず白衣杖つく
野に鳴ける蛙生捕り生きむと言ひし言葉かなしも土橋の上
名ぐはしの波平玉川埋もれて水汲みし子等いづこ逝きけむ
夜もふけて艦砲の静まる合間見て浴びし泉の秋日に澄めり

苅り捨てし枯草のちる玉川の真清水に浮ぶ秋の白雲
とことはに玉川の清水湧き出でむ乙女の影は遠ざかり行く
万骨の枯れたる野べにみどり児の声かんだかくひびきて消えぬ
ねんごろによき子になれとのたまひし我が師の君のありがたきかも
夜もふけぬ艦砲もやみぬ阿旦のかげに小さきたき火赤児の泣けり
巌かげに一すぢの黒髪乙女ごの自決の地なり波もとどろに
汝が吐ける息こごりてや白露の草場をこぼれ巌にしみぬる
死を待てる巌の割れ目に青空の清くすみいて白雲流る
いはまくらかたくもあらむやすらかにねむれとぞいのるまなびのともは

「やさしさの」と詠まれた歌は、南風原陸軍病院壕で起こった惨事を、「与座川の」から「とことはに」の歌までは、南風原から南部への移動を、「万骨の」から「死を待てる」までは、学徒隊解散後、壕を出たあとのことを、「いはまくら」の歌は、一九四六年四月七日、「近在のひめゆりの同窓生と村民が集まって除幕式と第一回の慰霊祭を挙行した」際、「とぶらいの歌」として捧げられたものである。『ひめゆりの塔をめぐる人びとの手記』には、そのように自作がそれぞれの箇所に挿入されていた。
『蚊帳のホタル』は、「いはまくら」の歌を巻頭において編まれたものである。
『蚊帳のホタル』が上梓されたのは一九八八年一〇月。それは、他に類のないといってい い歌集で、博文館の文芸日誌に書き込まれた手書きの歌をそのまま用いて、一冊の歌集にしたものであった。

書き込まれた歌は、生徒たちとともにいた戦場を回想して詠んだ歌を中心に、戦後の暮らしを詠んだものである。そして、その戦後の歌の多くも、戦争と関わりのある歌になっていて、仲宗根にとって、歌は戦争とりわけひめゆり学徒隊とともにあったといえるものとなっていた。

喜納は、『ひめゆりの塔をめぐる人びとの手記』はもちろんのこと、『蚊帳のホタル』についても知っていたであろう。ひめゆりたちの歌を数多く残した仲宗根の死は、女師一高女に在学した者たちにとって大きな悲しみであったにちがいないのである。

仲宗根の死は、偶然とは言え、戦後五〇年目にあたっていた。「終戦50年」を冠した歌集が編まれるということになれば、まず真っ先に、時を同じくして亡くなった恩師のことが頭に浮かんできて不思議ではない。喜納は、「終戦50年」と聞いて、一等先に仲宗根の死を思い浮かべたのではないかと思われる。
仲宗根の死を悼み、歌に詠んだのは他にもいる。

野の花を手向けて祈る師の声に共に額づく恩師の御墓（仲宗根政善先生のお墓）
戦争と平和のはざまに生きし師よ解脱の世界に永久にやすらかに

『綾鼓』（二〇〇一・二年合併号）に掲載された小渡千代子の詠歌集「愛楽園」に見られる二首で、仲宗根の墓に詣でたときのことを詠んだものである。仲宗根の墓は、出身地今帰仁の与那嶺、長浜の砂浜に接するところにあった。詠歌集は、題名になっている「愛楽園」に関する歌を収めているが、同園を訪問したおり、立ち寄ったのであろう。
喜納が師範女子部を卒業したのは、一九四五年（昭和二〇）だが、戦場に出ることはなかった。『黄金森』の自己紹介欄には「昭和二〇年三月三日、私は家族と共に、米軍の沖縄上陸を目前にしながら、疎開船に乗りました。当然ひめゆりの塔に祀られた学友達と運命を一つにすべきでしたが、長男を武部隊に現地徴集された母は、娘だけは本土へ行かせたいと私に泣いて説き聞かせました。／担任の内田先生も『親権者は親だ。親に従いなさい。生きて九州に着けたら、栃木のわが家族に、僕の遺言状を届けてほしい』と託された。船尾に火を噴きながら疎開船は九州に到着……」とある。

喜納は、そのように「ひめゆりの塔に祀られた学友達と運命を一つにすべき」であったのに、疎開した、ということで負い目を感じていた。それだけに、学友たちだけでなく、恩師の動向にも無関心ではいられなかったに違いない。

『資料館だより』八号（一九九四年一月二三日）に、喜納の「学友たちに別れも告げずに」が掲載されている。喜納はそこで「あの悪夢のような地上戦から、命からがら戦火を生き残って来た学友達から語られる一人ひとりの生々しい沖縄戦の体験を聞くにつれ、そして十代で無残にも散り果ててしまった学友たちの無念さを思う時、疎開地で苦労らしい苦労もせずに過ごして来た自分のことなど、口にするのも申し訳ないと思って参りました。／しかし、あの時、恩師や学友達と別れの言葉さえろくに交わす事なく疎開（私達には逃げていったという意識が今もある）して生きのびた私……だからこそ、今私は、亡き恩師や学友への感謝とざんげの気持ちで資料館に立たせてもらっています」と述べていた。

喜納は、疎開して学友たちとともに戦場に出なかったことを申し訳なく思い「亡き恩師や学友への感謝とざんげの気持ちで」ひめゆり平和祈念資料館で証言委員として活動していくが、資料館の初代館長は仲宗根政善だった。

「砲煙の岩間」と「花満たし迎えよ」の二首は、間違いなく故仲宗根政善に捧げられた歌であったといっていいだろう。

「亡き学友と」の歌は、「学び舎」とともに忘れがたい相思樹並木を詠んだものである。姫百合の「学び舎」というと、「相思樹の並木」がすぐに思い浮かんできた。一九四一年に赴任してきて翌四二年、召集を受け離任した倉智佐一（旧姓大西）に「まぼろしの挽歌」と題した随想がある。倉智はそこで「相思樹の並木は、ところどころガジマルの木がまじっていて、必ずしも整然とした道というわけではなかった」としながら、「それの持っている雰囲気や、全体としてのたたずまいが、いかにも詩情に富んでいて、その奥にある女子学園に入って行くにふさわしい風景であった」と書いていた。

倉智の回想からわかるように、相思樹は、学園に通った者にはそれこそ忘れがたいものがあったのである。

一九三六年（昭和一一）女師一部を卒業した下門トヨは「姫百合の学園に学んだ同窓生ならば、学生時代を象徴するものの一つとして校門の相思樹並木は、強烈な印象で魂の底に刻みこまれているに違いない。〝相思樹〟の名のいわれは知らないけれど、それだけでも何かしら乙女心に、明るい灯を点す響きをもっている」といい、続けて「夏になると並木は黄色い可憐な花をつけ、その香りはロマンチックなムードを漂わしてくれた。風もないのに校門を行き来するセーラー姿の足元に散り敷き、お下げ髪や肩に降りかかっていた。あの情景は、今も消えやらぬ心象風景となって、涙のにじむ思いでよみがえってくる」と、万感の思いを込めてふり返っていた。

相思樹並木について書かれた回想はそれこそ無数にある。その中で、相思樹賛歌もここに極まるのではないかと思えるようなのが『ひめゆり同窓会誌』（東京支部35周年記念全国版、一九七五年五月）の「会員だより」の中に見られる。会誌には、「想思樹の並木道」（永丘トヨ）、「想思樹の並木道」（川上繁）、「想思樹の並木」（名嘉原民子）と題した「たより」がある。当時は「相」を「想」と記しているが、その中の一人名嘉原の書いたのは、一段と相思樹によせる思いが際立ったものとなっている。

名嘉原は「遠い乙女の日に思いをいたすとき、現実をはなれ、古き良き時代のセーラー服の私に、ひめゆりの園が開けてまいります」と前置きしたあと、「春」「夏」「秋」「冬」「戦後」に分け、「想思樹の並木は、あこがれと希望をのせた乙女等に、まるい黄色い花を咲かせました」（「春」）、「強烈な太陽の輝き、しのつく大雨にも想思樹はやさしく蔭をつくってくれました」（「夏」）、「青く高くすみ渡る大空、まっかな夕やけの空に、キビの葉ずれの音、すすきの穂のさざなみに、乙女の感傷がしのびよるとき、想思樹は太い幹で包んでくれました」（「秋」）、「鷹が渡り、ミーニシが身にしみる頃、想思樹は常緑樹の貫録を見せてくれました。社会の荒波に巣立つ乙女等をじっと見つめて」（「冬」）、「どこをさがしても想思樹の並木はない」（「戦後」）とふりかえり、「想思樹の並木とともに、乙女の日の追憶をたどるとき、姫百合の香りが胸一ぱいに広がってきます」と回想していた。

校門の相思樹並木は、そのように教師にも生徒にも、忘れられないものとしてあったのである。

「相思樹の枝に」の歌は、校門の「並木路」ではなく、ひめゆりの塔のまわりに植えられた相思樹を詠んだものであろう。どこにあろうとも相思樹は「学び舎」だけでなく、「亡友」を呼び起こさずにはおかないものがあった。その枝を濡らし、そして碑をぬらす雨のなかでの一人の参拝は、いよいよ悲しみの色を濃くしたにちがいない。相思樹については、相思樹を詠み続けたといっていい上江洲慶子の項で再度ふれることにしたい。

あだんを歌った三首は「あだん葉の先を」の歌の結句からわかるように、学友から聞いた話を元にしたものであった。

六月一八日、解散命令を受け、第三外科壕以外の学徒たちは、それぞれの壕を脱出し、避難行をはじめる。その途中で彼女たちが身を隠したのがアダン林であった。

喜屋武に向かいましたが疲れ果てて、ぼんやり座り込みました。日も暮れて物音ひとつしません。アダン林があったので入りました。そしたらびっくりする程人がいるんですよ。避難民や兵隊、怪我人も、何百人もいましたが、それが誰ひとり、一言も言わないんです。ジーッと死んだようにうつ伏せになったりして……

山田幸子の証言である（『ガイドブック』）。山田は、けがをしていて、軍医に手当てをしてもらうが、彼から、ここはあなたがいるところではないから出ていきなさい、といわれ、やむなく、喜屋武にむかう。そしてアダン林を見つけ、入ったところ、人がいっぱいいいたというのである。

何百人もいながら、「誰ひとり、一言も言わない」シーンとしたアダン林もあれば、川平カツが書いているような「隠れようにもアダン林の下は避難民でぎっしり埋まって」（『ガイドブック』）いて、「手をやられた、耳がないという声、怪我人がいっぱいでまるで地獄」のようなところもあった。また玉那覇幸子の手記にみられるように、「ゴツゴツした珊瑚礁の上を這って、アダン林に逃げ込みましたら、いい具合に細長い溝が掘られていました。いい隠れ場所を見つけたと入ったら大変、一〇体ぐらい兵隊の死体が投げ込まれたように折り重なっていたのです。」（『ガイドブック』）というように、死体が、折り重なっているところもあった。

一緒にいた壕を出た学徒たちは、逃げ込んだアダン林で、沖縄戦の最後を迎えることになるが、彼女たちが壕を出て以後の四、五日間で何を見たか、『ひめゆり平和祈念資料館』のガイドブックに収録された証言でたどってみたい。

山城の丘に上がった時は明るくなっていましたね。そこは壕もないのでアダン林の中に隠れていました。避難民や生徒たちがいっぱいでした。砲撃も酷かったんです。（天久節）

天久が山城の丘のアダン林に隠れたのは六月一九日、朝。砲撃が激しくなって、怪我をするものが出るようになったことで、丘のアダン林を逃れ、海岸に出る。その晩、大雨が降り、欲しかった水がたっぷり飲めたことで、眠くなり、海岸近くのアダン林の側で寝てしまう。二〇日、目がさめると、「前の海に戦艦が沢山来て」いて、投降を呼びかけていた。投降するか自決するか生徒同士激論となり、側でそれを聞いていた下士官兵が「学生さん。滅私奉公の時代は過ぎたんだよ。あなたなんかが死んだら、この沖縄はどうなる」と説得され、結局投降することになったという。

天久たちを説得した下士官は、特別な存在だったといっていい。それは、次のような証言を見れば明らかである。

夜半近くでした。アダンの茂みは沢山の人が声ひとつ出さず潜んでいましたが、突然女の叫び声がしたんです。

「お父さん、お父さん」

隣の兵隊に聞いたら、娘の父親が軍の移動の話をするのを兵隊が聞き、軍機密を漏らしてスパイ容疑で引っ立てられているのだそうです。ガチャガチャ音がしました。娘は引っ立てられる後ろから、「お父さん、お父さん」と叫んでいました。姿は見えない。物音と声だけですがね。殺された様子でした。

新里啓子（旧姓宜野座啓子）の証言である。新里の証言は『ひめゆりの塔をめぐる人びとの手記』にも収められていて、そこでは「現地召集された息子の配属部隊が移動したのを知った父親が、行く先を問い合わせたところ、スパイ容疑で殺されたとのことであった」となっていた。「軍機密を漏らして」というのと、「行く先を問い合わせたところ」というのとでは、大きな違いがあるといえるが、いずれにせよ、兵士の中には、一般民をスパイ容疑で殺害したのもいたのである。

アダン林のすぐ側でいきなり銃声がしたのです。びっくりして出てみると、兵隊が倒れ、まだ生きていてぴくぴく動いているんです。顔は亀甲の紺地絣で覆われていました。側に銃を持った兵隊が立っていました。

「殺してくれというから、やってるんだよ」

その人のこめかみに拳銃を当てたまま、兵隊がいいました。

大見祥子の証言に見られるものである。兵隊は、殺してくれと言うから殺した、というのである。苦しんでいるので、楽にしてやったというのは理解できないわけではないが、戦場といえども、そのような行為が異常であることは言うまでもない。しかし、それはまだ温情があったといっていいものであったのかもしれない。

「オヨゲルモノハコイ、タスケテヤル」という、米兵の呼びかけに、「一人の日本兵が両手を上げ、海の中をジャブジャブ歩いて船の方へ進んでいく」のを見た宮城喜久子は、怒りを覚える。絶対に敵につかまらないと、「必死に逃げ回ってきた」のに、「手をあげて敵に投降しようとしている」のがいる。しかも兵士がである。宮城は「許せない」と思っていると、「すぐそばの岩かげから、銃を発射する音」を聞く。「海を歩いていた日本兵が倒れ」「真っ赤な血が広がっていき」兵隊は海に浮く。

宮城はその一部始終を見て、「いまのいままで投降は許せないと思って」いたのが、「味方を撃ち殺す」のを見て、「ひど過ぎる」と思う。

宮城は「人間の醜さをまざまざと見せつけられ」、「強い衝撃を受け、動揺」する。味方が味方を撃ち殺すのを見たら、宮城ならずとも、「ひどすぎる」と思うに違いないが、そのようなひどいことが、随所で起こっていたのである。生徒たちは、さらに次のような兵隊たちを見ている。

その時少し離れてジャングルの中から、人の言い争う声が聞こえました。何かなと思って見ていたら、しばらくして芭蕉布や絣の着物を着て、わら縄で帯をした人が2人出て来たんですよ。兵隊ですよ。

民間人の姿に変装して捕虜になろうというわけですが、足は軍靴を履いていました。

入江キヨの証言だが、そのように民間人に化けて、投降しようとした兵士たちがいた一方で、次のような兵士たちもいた。

「沖縄出身の初年兵集まれ」と言う声でアダン林からカサコソ出る人たちがいました。「沖縄はお前たちが守らねばならないので。これから敵中を突破して国頭方面に転進する」と突破の方法を説明しています。三、四〇名いました。国頭突破と聞いて私たちも、お願いしてついて行きました。

入江たちが出て間もなく、照明弾が上がり、集中砲火をあびる。豪雨になって照明弾が消え、暗くなった中を、引き返すと「兵隊と生徒が7名ほど」先に戻っていた。そして、「騙された。僕たちを敵中に突っ込ませて、その隙に自分たちだけ他の道から国頭突破して逃げたんだ」という、怒声が起こる。

入江が聞いた「怒声」が、事実を言い当てたものであったかどうかは判別できないが、そのような言葉が出て来たということは、重要である。「沖縄出身の初年兵」が、そのような言葉を吐いたというのは、友軍への信頼がなくなっていたという証左だからである。

国頭突破に失敗した入江たちが、いつ収容されたのか分からないが、生徒たちの多くは、二〇日以後も、まだアダン林の中をさまよっていた。

久田祥子が「夕ご飯は、アダンのかげから出て、岩の上でいただいたらいいわ」といい、岩の上に、車座になって、おにぎりを食べ、そのあと「海ゆかば」、「相思樹の歌」を歌ったのは六月二二日。そして翌二三日、アダンの林にいるのを見つけられ、収容される。

一方二三日の朝、喜舎場と渡久山は、負傷して動けなくなっているところをアメリカ兵に見つかる。「タバコをすすめ」てきたのに頭をふると、そのまま通り過ぎてしまう。二四日、渡久山が亡くなる。二五日、一日中「飢えと渇きに」苦しむ。二六日、負傷した足をひきずり、食糧をさがし、泉をみつけ、側に横たわっていたところ、日本兵が通りかかる。声をかけ、本部壕に連れて行ってもらう。二七日早朝、「デテコイ。モシデテコナケレバ、カエンホウシャキデブッパナスゾ」という声が壕の入り口付近から聞こえ、兵隊たちに、女だけ出ていけといわれる。逡巡していると、班長が先に出ていく。収容され、救急手当を受ける。八月まで、南部の壕に隠れていた学徒もいるが、そのほとんどは、喜舎場が収容され手当てを受けた二七日までには、難民収容所に送られていたのではないかと思う。

一八日の学徒隊解散、一九日の壕脱出、そしてその後一週間ほどで、学徒たちのアダン林の中を中心にした避難生活は終わっているが、その間、学徒たちは、これまで上げて来たような体験をしていたのである。

喜納は、そのような話を聞いたり、手記を読んだりして、歌にしていた。

「あだん葉」の⑧⑨⑩に詠まれている「師」は、野村が歌った「師」とは異なる「師」である。喜納は、昭和一八年一高女を卒業し女師に進み、二〇年本科二年を卒業している。歌は、どの時期の「授業」を詠んだものかわからないが、「琉球語」になる表現を優れたものとして授業で紹介した「師」がいた。

『ひめゆり　女師一高女沿革誌』によると、「思想統制がきびしくなり、教育が国粋主義的方向に強化されるにつれて、地方的文化や伝統が軽視あるいは拒否されるようになると、沖縄では『標準語励行』や『生活改善』の運動が盛んになる。明治期に強調された普通語教育及び服装改善がここで再燃する。昭和一一（一九三六）年には『標準語励行期成会』というのが成立し、「現下の状勢に鑑み標準語を一層普及徹底せしむる具体的方案如何」という諮問事項が県下校長会議にだされるなど「重要な教育課題に」なったという（『沖縄教育No301』）。

昭和一五年には県学務部と民芸協会員との間で「方言論争」がおこる。沖縄側がむしろ積極的に「方言」撲滅を主張し、「標準語励行」運動に力を入れていく動きが顕著になる。そういうなかで、「琉歌」を取り上げて授業を進めていくというのは、かなり難しくなっていたにちがいないが、それをした先生がいたのである。

本村つるが、女師を卒業したのは昭和二〇年。卒業生代表として「三角兵舎」での卒業式で答辞をよんだ生徒だが、『ひめゆりにささえられて』で、次のように書いていた。

国語は先ず古典・万葉集だった。（中略）
照屋先生が、きれいな字で
巨勢山の　つらつら椿　つらつらに
見つつ思はな　巨勢の春野を

と、板書しておられたお姿を今でもはっきり覚えている。

柿本人麻呂の長歌に「妹が門見む　靡けこの山」というのがあった。照屋先生は、人麻呂の歌とともに、恩納ナビの〝恩納岳あがた　里が生まれ島　森もおしのけて　こがたなさな〟と教科書にはない琉歌を板書して下さった。

沖縄の女流歌人恩納ナビのこの歌は人麻呂の歌よりもっと雄大だとほめておられた。私たちは非常に感銘を受けた。

照屋の授業に「感銘を受けた」のは本村だけではなかった。大見祥子もまた次のように書いていた。


万葉集の授業は照屋秀夫先生が名調子で朗読なされ、熱のこもった授業をされたので、とても楽しかった。「なびけこの山」という句が出た時に「恩納岳あがた　里が生まれ島　森ん押しぬきて　くがたなさな」と恩納ナビーの琉歌と比較なされ「なびけこの山」より「森ん押しぬきて　くがたなさな」の方がスケールも大きく万葉よりも格調が高いとおっしゃった。当時は方言廃止の時代で、沖縄の歴史等習った事もなく、沖縄にもこんなすぐれた歌人もいるのだと知って、とても感動した。（『戦後70年特別展　ひめゆり学徒隊の引率教師たち』）

喜納の詠んだ「授業」は、本村が「非常に感銘を受けた」と言い、大見が「とても感動した」と書いているその授業と同じであったのかどうかわからないが、喜納もやはり「琉歌」を引いた授業に「感銘を受けた」のである。そしてそれは、「標準語励行」が叫ばれていたことによって、一段と印象深いものになったのではないかと思う。

古典の時間に琉歌のすばらしさを説いて生徒たちを感動させた照屋秀夫について『墓碑銘―亡き師亡き友に捧ぐ―』は、次のように紹介している。

師範女子部の国漢を担当され、万葉集を情熱的に講義されていた様子が忘れられない。沖縄の恩納ナビの歌とよく並べて教えられ、教科書にはない、琉歌を教わって誇りに思ったものだった。先生は短歌もよく作られて、戦前現代万葉集に先生の歌が収められている。野田校長との連絡役だったが、五月十日頃、南風原の沖縄陸軍病院に来られ、第一外科に勤務された。

五月二十五日の南部撤退後は波平第一外科壕におられた。
六月十八日の晩、伊原第一外科壕へ移動されたが、すぐに軍から解散命令が出された。
翌六月十九日早朝、壕を脱出されたが、まもなく負傷して壕に戻られた。応急処置の後再度壕を出られたがその後の状況は不明である。

照屋の万葉集講義が、女師一高女の生徒たちに、大きな感銘を与えたことは喜納の歌だけでなく、いくつもの手記が残されていることでもわかる。方言撲滅が叫ばれる中で、沖縄の表現など顧みられなくなっていたであろうとき、万葉歌と琉歌を比較し、しかも琉歌が優れていると説くことができたのは、それだけの自信があってのことであり、その自信が、生徒たちを啓発したのである。

国語の授業で、「琉歌」を教えた教師が、少なくともあと一人いた。仲宗根政善である。一高女昭和一六年卒の吉田タケは、「女学校四年の時、国語を教えて頂き、時々琉歌について習いました」といい、次のように書いていた。

それまで和歌形式の歌が沖縄にあるということを、少しも知りませんでしたので、非常に感銘を受けたことを覚えております。その頃教えて頂いた短歌で、今でも覚えておりますものに次の歌があります。

〝謝敷板《じゃしちいた》びしに打《う》ちやい寄《ゆ》す波や
謝敷女童《みわらび》ぬ歯ぐき美《ちゅ》らさ〟（「私の募金活動」『ひめゆり同窓会　東京支部55周年記念誌』一九九五年五月二〇日）

仲宗根は、沖縄の「方言」が専門であった。それだけに、国語の授業で「琉歌」が出て来ても不思議なことではないが、時代を考えれば、特別なことであったといっていいだろう。

照屋について、あと少し付け加えておくことがあった。

六月一九日早朝、壕を脱出後、すぐに戻って来た照屋の様子について、仲本トミが、書き残している。仲本は、一八日、解散命令を聞く。側にあった「玄米の袋から米をわしづかみにして皆に配り、粉味噌も配った」という。夜が明け、出るのを躊躇し、「入口を出たり引っ込んだりしていたら、先に壕を出て行った照屋秀夫教頭が出てから迫撃砲にやられて手も顔も血まみれになって戻って来た」という。仲本は、「先生に声をかけようとしたら」軍医に、「構うな。出ろ」と追いかえされ、壕を後にした、と書いていた（『沖縄戦の全女子学徒隊』青春を語る会編)。

傷の手当てをして、再度、壕を出たあと、照屋は不明になる。その姿を見た者がいないということは、学徒たちが潜んでいたアダン林にまでもたどりつけなかったということであろう。

2

『黄金森』から四年目の一九九九年に刊行された『世果報』に、喜納は「ルリハコベ」の表題で、二〇首発表。「ルリハコベ」にも、ひめゆりと関わりのある歌が数多く見られた。

①飛行場の排水溝掘りし女子学徒吾等の班長は韓国兵たりし
②「十分間休憩」の号令かけし兵は韓国京城大の学徒兵たりし
③ひめゆり隊の名簿にすでに組まれしをu師は独断で我を逃がしぬ
④米艦の高射砲口見つめつつ「故郷」歌ひしひめゆりの学友等よ
⑤「撃たないで」と銃を向け来し米兵に叫びてひめゆりの学友は生きたり

⑥「お母さん死にたくない」とひめゆりの亡友の声聞こゆ潮騒の中
⑦浜ボウフウ地に這い阿旦の猛り生う大度の岸壁師の影の顕つ
⑧春陽射す大度の浜に幾度の季巡り来て師は還り来まさず
⑨阿旦葉のなだりの果てにルリハコベ修羅を黙して潮風に揺れいる
⑩コーヒーをすりつつ語る学友の十代悪夢の修羅に風化あり得ず
⑪生きたくも生きる道無き戦場の十代ありしを知りてよ若き等

「ルリハコベ」は、「あだん葉」に収めることが出来なかった歌を収めた格好になっている。①②そして②の歌のあとに「韓国兵いずこの土地で地上戦終り給うや彼の日八月」に見られるように、「韓国兵」を詠んでいるが、そのように「韓国兵」を詠んだひめゆりは、他にいないのではないかと思う。それだけに目を引くものとなっている。

洪玧伸は『沖縄戦場の記憶と「慰安所」』（二〇一六年二月二五日　インパクト出版会）で、浦添地域の「慰安所」について触れたあと、「朝鮮人『慰安婦』が連れてこられた時期は、第62師団（石部隊）が山稜地域に陣地構築を始めた頃と重なっている」といい、「朝鮮人軍夫たちの多くも、一九四四年七月に朝鮮大邱で編成し、八月から一二月にかけて沖縄に動員されている」と、書いている。

喜納の歌が、その時期「沖縄に動員されて」きた「軍夫たち」と関係があるかどうか不明だが、多くの「朝鮮人」たちが沖縄に送り込まれてきていた。

それは、ひめゆり学徒の手記からもわかる。南風原陸軍病院壕から撤退するとき、機関銃にやられてかつぎこまれてきた「朝鮮人防衛隊員」がいたこと、南風原から真壁へ向かう途中、後方が騒がしくなり、「ふり返ると、二十名ほどの朝鮮人の防衛隊」(「佐久川ツルの手記」『手記』)がいたといったことを書いたのがあるし、さらには次のような証言もあった。

ある晩、私たちが民家の馬小屋の二階で休んでいたときのことです。眠くなり、うつらうつらとしていると、下の方から聞きなれないことばが聞こえてきました。

「半島人」というのは、朝鮮半島の人という意味で、朝鮮人をさげすんで使っていたことばです。一九一〇(明治四十三)年、朝鮮を植民地にした日本は、この太平洋戦争でもたくさんの朝鮮人を日本に連れて来て、鉱山や工場などで過酷な労働に従事させました。沖縄でも、陣地構築などのため大勢の朝鮮人を連れて来て、「軍夫」として使いました。「従軍慰安婦」として連れて来られた若い女性もたくさんいます。したがって沖縄戦では、大勢の朝鮮人が命を奪われました。

宮城喜久子の『ひめゆりの少女　十六歳の戦場』に記されているものだが、宮城は、その後、見も知らない島に連れてこられて働かされ、しかも戦場に投げ出された人々にたいして、平気で差別的な態度がとれたのは、「軍国主義を吹き込まれると同時に、他国の人々、他民族に対する差別意識をしっかりと注入されていた」ことによるものだった、と書いていた。

喜納はどうだったのだろうか。喜納にも宮城のような意識は分け持たれていたのではないかと思う。彼女が「韓国兵」に目が行ったのは、彼が「班長」であるばかりでなく、高学歴の「学徒兵」であったことによるのはまちがいない。それは、植民地の出身なのに、という意識から出たものであったように見える。しかし、そうだからといって、彼を、差別的な目で見たというのとは明らかにちがう。②と③のあいだには「韓国兵いずこの土地で地上戦終り給うや彼の八月」というのがあるからである。どこで終戦を迎えたのだろうか、死んでなければ、解放の喜びをかみしめたはずだが、というようにその歌は読めるからである。

①②もそうだが、③も、他にあまり例のない歌である。『ガイドブック』の「疎開問題と帰校問題」を見ると、一九四四年になると、県は一〇万人の疎開を計画するが、女師一高

女では、父母や生徒が疎開を希望しても「認められないケース」があったといい、特に女師の場合には、学校当局に圧力をかけられただけでなく、夏休みで「帰省していた離島の生徒たちは学校当局に帰校を命じられ」たという。

命からがら帰校すると、「九月に学校は疎開を許した」ということで怒ったのもいる。（宮良ルリ「石垣へ帰郷、呼び戻されて本島へ」『戦争と平和のはざまで― 相思樹会の軌跡 ―』）

喜納は、③の背景ともいえることについて、「家族の強い勧めで疎開願いを出したが、学校の許可は下りなかった。その際担任の内田文彦先生の『親に従いなさい。生命あっての教員免許であり、学校は生命まで預かっていない』いう言葉で疎開を決意」（『ひめゆり平和祈念資料館20周年記念誌　未来へつなぐひめゆりの心』）したと語っていた。

六月一九日、午後、激しい銃撃があって、不安にかられていると、内田先生から「今晩海に入りて自決せん」と書かれた「一枚の紙片が」まわってくる。夜半、先生がいないのに気が付き、独りで海に入ったのではないかと話しあっていると、「青酸カリ」を飲んだが、効き目がなかったといって、戻って来た。二〇日、自決か国頭突破かを話し合い、与那嶺先生の意見を聞いて、国頭にいくことに決めるが、内田先生は「ゆかない」ということで、先生と別れた、と比嘉園子（『手記』）は書いていた。内田のその後のことは不明である。『墓碑銘』によると、「生徒数名と海岸に残り、六月二十日以降不明」とある。⑦⑧は、内田先生のことを詠んだものである。

④は、宮城喜久子の「私は平良先生から手榴弾を一つもらって持っていました。宮城貞子、宮城登美子、板良敷良子と私の四名は、『もう最期だから、歌を歌おうよ』と海に向って、『ふるさと』を歌ったんです。皆かすれ声で後は声にもならなかったんです。すすり泣きに変わってしまいました」(「地獄の果て—荒崎海岸」)という証言、⑤は、池原トミの「あちらこちらから悲鳴が聞こえます。その時入口の方で上級生の、「撃たないで。撃たないで」という声が聞こえました。／皆出るようにと言っていました」(「突然の無差別攻撃」)という証言、⑥は、福地キヨ子の「『勝つまではがんばろうと思っても、いつ死ぬかわからない。どうせ御国にささげた命だ。先生や学友の敵《かたき》をとってから死にたいと思うわ』と／私はいつもの言葉をくり返した。／『私は死なずに、お母さんにぜひ一度あいたい』／あまえっこの大城静子さんが、いまにも泣きだしそうだった」(『手記』)といった「手記」を思い出させる歌である。

⑩は、戦場に出たひめゆり学徒たちの話に、「風化」はない、というものだが、いつごろから「風化」が言われるようになったのだろうか。

ひめゆり学徒隊引率教師の一人であった仲宗根政善は『ひめゆり日記』の一九六九年

一〇月一五日の日記に「『二十四年前の風化』こんなことばが、広島で聞かれるようになった。原爆の悲惨が忘れられて行き、中国新聞の世論調査で、核兵器不要六三％に対し、事情によりやむをえないが、二六％になっている」と書き出し、次のように続けている。

ひめゆりの塔も次第に風化して行くのであろうか。あの壕から生き残った生徒の中には、まだ一度も、自らの生き残ったあの壕をのぞいたことのない生徒がいる。のぞきにいけないのである。あのなまなましい体験は、他人にはつたわらない。彼女とともに、地上から消えてしまって、如何なる想像によっても、ついに再現することが出来ずに消滅してしまうのである。そうしてやがて、少女らの死が美化されて、戦いを肯定する風潮が生まれる。おそろしいことである。再びあらしめてはならないとさけぶことばが、何の実感ともなわず、ただ口先の声としてくりかえされ、実体は次第に風化されて行く。

仲宗根はそのあと、今でこそ、塔に刻まれた名前に、親、兄弟、親友らは涙を流すが、その文字が摩滅し、生々しさが消えてしまうと、彼女たちのむごたらしさも、「神話の世界の物語」になって、忘れ去られてしまうのではないかといい、さらにB52戦略爆撃機の駐留に対する対応の変化をたどり、恐怖も憎しみも次第に風化していっているが、「このような風化現象は、一体どういうことを生んでいくのであろうか」と危惧していた。もちろんその行きつく先が、予測されることからでた言葉であった。

一九六九年一〇月一五日の日記から一一年後の一九八〇年六月には、仲宗根は、次のようにしるしている。沖縄は日本に復帰したけれども、基地は動かないどころか、ますますその機能は強化され、嘉手納飛行場には、B52戦略爆撃機が飛来し、ホワイトビーチには、原子力潜水艦が自由に出入りしている。核のあるなしについては日米両政府とも確言しないが、辺野古に海兵隊の核兵器専門部隊（NOP）分遣隊が配備されていることは、昭和五六年一〇月一日の衆議院本会議で確認されていて、非核三原則が厳守されていないばかりか、「沖縄基地に駐留する米第三海兵師団は、インド洋・ペルシャ湾での有事に即応する緊急展開部隊として出撃態勢をとっていて、演習は激化しつつある。／二十余万の生霊の静かに眠る土の上に、このような巨大な基地をそのままにしてよいだろうか。平和が、沖縄県民はもとより全国民の心である。／沖縄戦を忘れてはならない。戦争体験を風化させてはならない」（「あとがき」『手記』）と声を強くしていた。

二〇〇五年三月、岡本恵徳は、戦後六〇年を振り返り、「沖縄戦を直接体験した世代は次第に減ってきて」いて、「記憶の風化も避けられなくなっている」が、どうすれば「沖縄戦の記憶」は継承できるか、「切実な課題」であるとして、

戦争についての客観的な記録が求められるのは言うまでもないが、それとともに悲惨な記憶に刻まれた「心の動き」を伝える試みも、より多く求められるだろう。個人の出合った事実よりも、その事実がその人のその後の生き方にどのようにかかわっているかを語ることが、非体験者に戦争をより身近なものとして受け入れる契機となるとすれば、自らの記憶を肉声で語る語り部たちの存在はいよいよ大きな意味を持つことになるし、それと同じように、戦争の悲劇を人間の内面からとらえ返すことでよりリアルに感受させる文学の働きも今後ますます重要になってくるだろうと思う（「〈記憶の声・未来への目〉戦後文学」『沖縄タイムス』）。

と論じていた。

仲宗根は、戦争体験が「風化」していくことで、新たな戦争への道を歩むことになるのではないかという不安を訴えていたのにたいし、岡本は「戦争の記憶」を「風化」させな

いための方策の一つとして、「文学の働き」があることに言及していた。両者の文章から、「風化」を押しとどめたいという思いの必死さが伝わってくる。

⑩は、体験者にとっては「風化」などあるはずもないというのである。体験者にとっては確かにそうだが、体験者がいなくなった時、どうなるのだろう。その時、大切になってくることの一つが岡本のいう「文学の働き」であるとすれば、ひめゆりたちの短歌も「風化」に抗していく一つの力になっていくはずである。

⑪は、⑪の直前に置かれた歌「いかならむ心の傷を負い来しか十七歳の肝凍る犯罪」を受けて詠まれた一首である。

朝日新聞、読売新聞、毎日新聞における「少年による殺人事件の報道件数の推移」によると、一九九七年から二〇〇〇年にかけて少年による陰惨な事件が多発し、二〇〇〇年には「十七歳による殺人事件」として話題になり、「キレる」という言葉が流行したという（赤羽由起夫「犯罪報道における少年犯罪の語られ方に関する社会学的研究――一九九〇年代から二〇〇〇年代を中心として――」）。⑪は、「キレる十七歳世代」にたいし、生きたいと思いながらも生きることのできなかった「十七歳世代」がいたということを知ってほしいと訴えた一首である。

Ⅲ　蘇り来る体験

——上村清子「平和の誓い」

1

上村清子が「平和の誓い」と題して『黄金森』に発表した二〇首から、ひめゆりと関わりのある歌を抜き出すと次のようになる。

①悲惨なる激戦の様忘れ得ず五十年経しも蘇り来る
②偵察機飛びゆきし後間入れず天地揺るがす砲弾飛び来
③壕の辺に炸裂したる砲弾の火焔に暫し目の見えざりき
④水求め壕出でし我狙ひ撃つ敵機銃弾はつかにそるる
⑤銃弾の飛び交う中に動き得ず暫し時待ち我は地に伏す
⑥一口の水にて渇きいやしつつ皆生きゐたり暗き壕にて
⑦戦場のなべての物を照らし出す照明弾の不気味な明かり
⑧自決せし兵の体は飛び散りて我が目なかひに手のひら一つ
⑨激戦の山野染めたる負傷者の赤き血の色重ぬる仏桑華
⑩激戦に生き残りたる我が命力の限り世に尽くさなむ

⑪五十年御霊鎮もる戦跡の花香り継ぎ平和の誓ひ

①は、戦争から半世紀たったが、戦場での出来事がいまもって鮮やかによみがえってくるというものである。⑪の歌とともに「五十年」という文字が見られるのは、『黄金森』が、「終戦50年」を冠していたことに呼応したもので、その五〇年がどのような五〇年であったかを詠んだものであった。

②は、ひめゆり学徒隊として実見した戦場を詠んだものである。「偵察機」は、「トンボ」と呼ばれ、『手記』に、次のような記述が見られる。

暮れがたには、きまって艦砲射撃もなく、爆撃のない静かな一時があった。

「米兵の夕食時間だ」

などといっていたが、そのときにはきまってトンボ機が飛んで偵察をしていた。


トンボ機は、「偵察」して終わりではなかった。「山城の稜線を登りつめたところで夜が明け初め、観測機に見つかる。そのとき、宜野座は至近弾をうけ、左手を負傷する。貫通であった」（「渡久山昌子・宜野座啓子の手記」『手記』）というように、トンボ機（「観測機」）に見つかると、そのあと砲弾が飛んできた。そのことをよく語っているのが仲本幸子の証言である。仲本は「三人が山城の丘に着いた時には夜も明け、もう敵の偵察機はトンボの群れのようでした。隠れる壕もありません。宮城フミさんと私は低い木の陰に、比嘉静枝さんは離れたソテツの下にうずくまっていました。攻撃が凄くなり、陸からは迫撃砲、海からは艦砲で生きた心地もしません」と書いているように、トンボ機の飛行後には、迫撃砲や艦砲が撃ち込まれてきたのである。

③は、避難していた壕の近くに砲弾が落ちたことを詠んだものである。

上村がどの壕に入っていたのか確かめられないのだが、③の歌からすると、第一外科壕ではなかったかと思う。

それは、次のような証言があるからである。

十七日、第一外科壕の入り口近くにものすごい大きな爆弾が落とされました。私は、人参を取りにいくため壕から五十メートル位離れた所におりました。ピカッとものすごい光と爆音があり、その場に伏せました。（中略）

入り口から僅か五、六メートル離れた所に直径五、六メートルほどの弾痕が出来ていました。穴の深さも見えないくらい砲煙が立ち込めていました。穴の周りには、まだ、破片がチカチカと赤く燃えていました。

島袋淑子の『ひめゆりとともに』に見られるものである。島袋は、食料になるものを探しに出ていて壕から離れていたため無傷であったばかりか、爆弾の落ちた現場を目の当たりにすることができたのである。

壕の入り口にいて、奇跡的に助かったのに上原当美子がいる。彼女は、砂糖キビを食べたあとそのキビ殻を捨てにいくという友人と別れ、壕に入り、「わずかばかり歩いた曲がり角でピンを落としてしまって、探そうとしゃがんだそのとたん、至近弾が炸裂」したといい、それで助かったという（『ひめゆり平和祈念資料館』）。

至近弾の落ちたあとの壕の惨状を島袋も上原も書いているが、島袋は「地獄のあり様」だったといい、上原も同じく「まるで生き地獄」であった、と書いていた。

第一外科壕に「津嘉山経理部にいた一高女の生徒たちが」入って来たのは、六月一〇日だと、島袋は言う。そして、「一高女の生徒たちは、壕の奥の方に」いたと言う。

③の「壕の辺に炸裂したる砲弾」というのは、島袋や上原が書いていた至近弾の炸裂を詠んだものに違いない。上村は壕内にいて、炸裂した爆弾の「火焔」で、しばらく目が見えなくなる体験をしたのである。

一高女の生徒たちは、「任務別による編成を」やめ「職員・生徒をそれぞれ病院の各科に配当しさらに生徒は各壕に配置すること」にした編成変えで、その多くが識名分室と津嘉山経理部とに分散配置されていた。南部へ撤退したとき識名分室は第三外科壕に入り、津嘉山経理部は第一外科壕に入ったのである。

第一外科壕に入ってからは、看護活動は殆どなく、「水汲みと食料探しが主で」あった。④はその水を求めて壕を出た時のことを詠んだものである。水汲みは、南風原にいたころの「飯上げ」と同様、それこそ命がけであった。

島袋は「怖かったのは水汲み当番に当たった時」だったといい、次のように書いていた。

「今日、あなたは水汲みだよ」

と言われると、正直いっていやでした。一カ所しかない井戸で、みんながそこに集まってきますのでそこを狙ってどんどん砲弾を撃ち込むのです。

私たちは、味噌樽を二人で担いで汲みに行きました。大急ぎで汲まないと、いつ砲弾が飛んで来るかわかりませんので、釣瓶の取り合いで、大騒動でした。
帰る途中、砲弾が落ちてくるのを察知しますと、訓練したとおり樽は置いて伏せの体勢を取るのですが、土塊が飛んできて、樽の中の水に入りますと、汲み直しにいかなくてはなりませんでした。

師範生は、当番制で「水汲み」に出ているが、一高女生も、水を汲みに行かないわけにはいかなかったはずである。④と⑤の歌は、水を汲みに出た時の体験を詠んだもので、水汲みが如何に危険な仕事であったかがわかるものとなっている。命を守るために、命を落としてしまうことにもなりかねない仕事であった。砲弾を潜り抜けて、持ち運ばれてきた水は、「水」というよりも「命」というにひとしいもので、まさしく命の水であった。⑥は、そのことがよくわかる歌である。
⑦は「照明弾」を詠んだものである。照明弾については「夜になるとアメリカ軍は、花火のように明るくなる照明弾を空高く打ち上げ、さまよい歩く避難民の群れを狙い、猛攻撃を続けていた」（照屋信子「水を求める人たち」『ガイドブック』）といった証言をはじめ、「照

明弾に照らし出された道はどこまで行っても穴だらけになっていました。昨日までの道とはまるっきり変わっていました。それに足を踏み入れる所もないくらい沢山の死体が転がっていたんですよ。ドラム缶のように大きく膨れ上がっているんです。腐って凄い悪臭のする死体が、ずっとどこまでも続いていていました」（阿部敏子「ドラム缶のように膨れた死体」『ガイドブック』）といった証言や、「段々畑を降りた瞬間に、照明弾が上がったのです。昼のように明るくなり集中砲火です。ぱっと畑に伏せた兵隊たちが撃たれて動かなくなりました」（瑞慶覧初枝「騙して敵の中に突っ込ませた」）といった証言がある。照明弾は、敵を探し出すために打ち上げられたが、それは同時に、戦場が現出させた惨劇を照らし出してみせたのである。

⑧の歌は、「自決」した兵を歌ったものである。沖縄戦で、一体、どれほどの数の兵が「自決」したのだろうか。学徒たちは、南風原陸軍病院に入ってから南部に撤退していく間、さらには摩文仁の海岸を逃げ回りながら、一体何名の「自決」した兵たちを見ただろうか。南部へ撤退するまではともかく、南部へ追い込まれて以後は、それこそ見ない日はなかったといえるほど、見たのではなかろうか。

「ここで飲もう」と目大尉がいった。不安はありませんでした。明け方でした。目大尉は服装を整え、手のひらの薬を三、四度口許にもっていき、思いきったように口に入れました。

「軍医殿、苦しいですか」と聞くと、「いや。苦しくないから飲みなさい」と言います。しかし、すぐ軍医は苦しみ始めたのです。青酸カリはアッという間に死ねると聞いていたのに目の前で苦しむ軍医の様子に、胸がしめつけられる思いでした。沈痛な表情で黙っていた平川見習士官は私に、「半分では効かないらしい。郁ちゃんのを半分くれ」と私のも飲んで、大尉と並んで横になりました。大尉と前後して二度目の薬で見習士官も息をひきとりました。

嘉手苅郁枝の証言（「目大尉の自決」『ガイドブック』）に見られるもので、自決は、「手榴弾」だけによるのではなく、薬を用いてもなされていたのである。しかしそれは薬品を手に入れることのできた病院関係者であったことによるもので、そのほとんどは手榴弾を用いての「自決」であった。手榴弾を用いての自決は、兵士だけでなく、学徒たちにも及んだ。次の事例がそうである。

平良先生やみんなのことが気になり、初枝さんと二人は、壕から飛び出てジャングルの中に飛び込んでいった。アダンの葉かげからおそるおそるのぞくと、十数名のアメリカ兵だった。やがてアメリカ兵は二人に気づき、銃をつきつけた。私は握りしめていた手榴弾を捨てた。

みんな血しぶきをあびて岩の上に立っていた。平良先生がもどられた岩かげをのぞくと、鮮血は岩を染め、十数名の学友が自決をとげていた。

「兼城喜久子の手記」（『ひめゆりの塔をめぐる人々の手記』）である。「自決」は、そのように兵士や医療従事者だけでなく、学徒たちのグループでも起こっていた。学徒たちは、その多くが手榴弾を持っていた。それは、敵を殺傷するためでもあったが、いざという時には、自らを守るためのものとして持ち歩いていた。その中で、敵に見つかり、使用したが不発だったという者や、使用しようとした寸前、教師に止められ、投げ捨てたという者もいたが、兼城の証言に見られるように集団で手榴弾を用いて自決した一団もあったのである。

⑨の歌は、「仏桑華」の赤い花が、戦場で倒れて行った者たちの鮮血を思い起こさせたこ

とを詠んだ一首である。「仏桑華」は、アカバナー、「後生の花」（仲宗根政善『今帰仁方言辞典』）と言われているように、死者たちの花である。喜舎場朝順は『新沖縄風物誌』のなかで「海辺の村までおりていくと砂地に咲くアカバナーが美しい。グソー（死霊）の花として忌み嫌われた花の悲しみはいつ晴らされるのであろう」と書いているが、美しく咲けば咲くほどその色が血と結びついて、悲しみを深めるのである。

⑩⑪は、生き残った者の使命を詠んだものである。十代で戦場に出て、多くのものが命を落としていくのを見た者の、決意がにじみ出たものといっていいだろう。上村は、『黄金森』の自己紹介欄で次のように書いていた。

沖縄戦の砲弾の中で生き残り、昭和二十二年に政府に就職以来平成二年に定年退職する迄永年にわたり公務員として務めて来たがその間に世の移り替りや行政の流れを見て来た。すべてが戦争で焼きつくされゼロから立ち上がっての戦後の出発であった。

又沖縄戦の激戦中兄は戦死、同期生（ひめゆり学徒隊）も多数戦没しており戦後は戦死した兄や学友も含め二十万余の戦没者の冥福を祈りつつ過ごしてきたが今後も祈り続けて行こうと思う。

上村は、「昭和二十年沖縄県立第一高等女学校四年在学中沖縄戦の為学徒動員」され、戦後は琉球政府の公務員として定年まで働いている。略歴によれば「短歌暦二年半」。『黄金森』が出たのは一九九五年、それからすると、短歌を作り始めたのは一九九三年ごろからということになる。ずいぶんと遅い出発であったといっていいが、それはやっと悲惨な体験をふりかえることができるようになったということによるであろうし、詠まずにはおられないものがあったことによるはずである。そしてそれが何であったかは、この一一首が鮮明に語っていた。

2

上村は、一九九五年(平成七)から『花ゆうな』に作品発表の場を移していく。その第一集に、「白ゆり」の題で、次のような歌を発表していた

白ゆりは今年も咲きぬ清らかに亡き友偲ぶひめゆりの塔

ありし日の乙女のごとく鎮もれり亡き友の顔ひめゆり資料館

ひめゆりの塔の参拝と資料館を参観した際のことを詠んだものである。一首目は百合の純白さに亡くなった学友たちの清純さを重ねたもの、二首目は、資料館の「鎮魂の間」に飾られた遺影と対面した時のことを詠んだものである。

ひめゆり平和祈念資料館が、ひめゆりの塔の隣接地に建てられたのは一九八九年（平成元）。展示室は第一が「沖縄戦前夜」、第二が「南風原陸軍病院」、第三が「南部撤退と喜屋武半島」、第四が「鎮魂」、第五が「回想」そして特別展示室として「ひめゆりの青春」を設け、開館。連日、多くの参観者が訪れた。

資料館は、その後二回リニューアルを行い、展示を変えていくが、上村が、参観したのは、開館時の展示であった。

一九九六年（平成八）に刊行された『花ゆうな』第二集には、「花香り継ぐ」と題して、次のような歌が収録されていた。

偵察機飛びゆきし後間入れず天地揺るがす砲弾飛び来

壕の辺に炸裂したる砲弾の火焔に暫し目の見えざりき
水求め壕出でし我狙ひ撃つ敵機銃弾はつかにそるる
銃弾の飛び交う中に動き得ず暫し時待ち我は地に伏す
一口の水にて渇きいやしつつ皆生きゐたり暗き壕にて
戦場のなべての物を照らし出す照明弾の不気味な明かり
自決せし兵の体は飛び散りて我が目なかひに手のひら一つ
激戦の山野染めたる負傷者の赤き血の色重ぬる仏桑華
激戦に生き残りたる我が命力の限り世に尽くさなむ

これらの作品は、『黄金森』に掲載されていたものである。『黄金森』が刊行されたのが一九九五年（平成七）一二月三日、『花ゆうな』第二集が刊行されたのは一九九六年三月一日。前者を「平和の誓い」、後者を「花香り継ぐ」と題して、同じ歌を並べていた。

上村は、『黄金森』に発表した「平和の誓い」をそのまま、『花ゆうな』の第二集に「花香り継ぐ」と表題をかえ転載していたが、その逆もある。

『花ゆうな』の第三集（一九九七年、平成九年三月）に「相思樹並木」と題して発表した三二首に、次のような歌がある。

①平和なる世にしあれども激戦に散りし学徒の無念さ忘れじ
②激戦に散りし友垣顕ち来るは制服姿の乙女のままに
③慰霊祭校歌や別れの曲歌《うた》ひ涙あふるるひめゆりの塔
④慰霊祭ぬかづく遺族の髪白く老いし姿に半世紀思ふ
⑤ひめゆりの学友と歩みし通学路相思樹並木は思ひ出あまた
⑥ひめゆりの学舎共に相思樹の並木は戦の砲弾に飛ぶ

①から④の歌は、『黄金富』第21集（一九九七年）の「摩文仁野に吹く風」にも見られるものである。

年刊合同歌集に発表したものを、『花ゆうな』に、あるいはその逆で『花ゆうな』に発表したものを年刊合同歌集にも発表するといったことがなされているのだが、それは、上村だけに見られるものではなかった。同じ歌を、異なる歌集に出すのに、それほどこだわったように見えない。大切な歌であればあるほど、別の歌集にも発表していったということであろう。

『黄金森』の自己紹介欄によれば、上村は、一高女四年在学中に「学徒動員」されていた。そして多くの学友を戦場で失っていた。学友たちが、希望を絶たれ「無念」の思いを抱いて死んでいくのを、それこそ身近で見たに違いない。「平和なる」は、そのことを詠んだものだが、「激戦に」の歌は、その死んだ学友たちが、「制服姿」で思い出されるというのである。

上村の記憶によみがえった「制服」は、どういうものだったのだろうか。

女師一高女の「制服」の変遷について『ひめゆり学園』(資料集2)は、次のように書いていた。


夏服の上着は昭和十三年入学生までは、白いカフス付きの長袖シャツで、セーラーカラーにネクタイをつけていました。十四年入学生以後はカフス付きの半袖シャツに変わり、十五年入学生はカフスもなくなりました。そして十六年入学生以降は、セーラーからへちま襟に変わり、ネクタイもなくなりました。スカートは当初、普通のひだスカートでしたが、十六年生以降は四枚はぎのスカートに変わりました。

冬服の上着もセーラーからへちま襟へと、夏服と同じ変遷をたどりました。

昭和十八年には、師範教育令改正に伴い、師範生の冬服は、着物の打合せのような「標準服」に変わりました。

戦時で物資がひっ迫していくなかで、制服も変わっていったのである。セーラー服からへちま襟への移行は、セーラー服に憧れて入学した生徒たちをがっかりさせたという。上村たちは、そのがっかり組であったのではないかと思うが、モンペ姿が登場していたことを思えばヘチマ襟であったとはいえ、「制服」は、「制服」であった。何十年たってもまなかいに浮かんでくるのは、ともに過ごしたその制服姿であるというのである。

「慰霊祭」を詠んだ二首は、ひめゆりの塔に詣でたときのことを詠んだものである。ひめゆりの塔での校歌斉唱、そして参加者の姿を詠んだものである。

ひめゆりの塔での慰霊祭がはじまったのは、一九四六年。『続ひめゆり——女師・一高女沿革誌続編——』は、次のように書いている。

（一九四六年）四月五日、金城（和信）氏は真和志村民の協力を得て、伊原第三外科壕の前に「ひめゆりの塔」と刻んだ慰霊碑を建立した。その時、仲宗根政善先生は、〝いはまくらかたくもあらん　やすらかに　ねむれとぞいのる　まなびの友は《（ママ）》〟と歌を詠まれた。

四月七日、第一回ひめゆりの塔の慰霊祭が挙行され、仲宗根先生や真和志村民、糸満市にいるひめゆり同窓生が列席した。その時、真和志村民一同として「いはまくら」の歌碑も建てられた。

それから「半世紀」たったのである。悲しみは変わることはないが、遺族のすがたに大きな変化が見られたことを詠んだものである。

「相思樹」を詠んだ二首は、友だちと歩いた思い出、しかしそれも戦争で消えてしまったことを詠んだものである。女師・一高女の思い出ということになると、真っ先に相思樹並木が浮かんできたことが、ここにも見られる。

『花ゆうな』第四集に掲載された上村の収録歌集の題名は「荒崎海岸」。そのなかでひめゆりを歌ったのは次の三首である。

如月の冷たき風に吹かれつつ波の音聞く荒崎海岸
荒崎の波寄する磯に佇めば激戦に散りし師や友顕ち来
荒崎の戦跡の岩に千羽鶴手振りの如く風に揺れをり

「新崎海岸」の惨劇については先に見てきたが、あと少し付け加えておきたい。「荒崎海岸」から生還した宮城喜久子は、収容所生活を送った後、文教学校の第二期生として入学する。文教学校には、かつて女師・一高女で教えていた先生方が何名かいた。その中の一人に与那嶺松助がいた。入学して早々、宮城は、与那嶺に「亡くなった生徒たちの遺骨収集に行こう」と声をかけられる。二度と行きたくないと思っていたが、与那嶺の「生徒たちの亡くなった場所は、誰も知らないんだよ」という言葉で、意を決して現地に向かう。

ようやく、戦場の跡が生々しく残っている所に着きました。砲弾の飛び交う中、多くの学友と逃げまどったかつての戦場、山城、喜屋武辺りは、一木一草すら残ってなく、真っ白で、むきだしのままでした。様相が一変した所どころに、遺骨が散らばっていました。猛攻撃が続き、爆風で即死した与座昭子さんの遺体を埋めることも出来ず、道端に残したままにしたことを思い出し、胸が苦しくなりました。

海岸一帯にあって、多くの人々が身を隠していたアダンの林も消え、米軍の艦隊がひしめいていた喜屋武の海も、何事も無かったかのように青々と広がり、静まりかえっていました。なにひとつ、さえぎるものとてなく、荒崎海岸の絶壁近くまでジープを乗り入れることが出来ました。

まだ山野に遺骨が散らばっていた頃のことで、与那嶺と出かけた「遺骨収集」が、どれほどつらいものであったかがわかる。

上村は、一高女の出身であった。「荒崎海岸」で、平良先生とともに「自決」したのが、一高女の生徒たちであっただけに、胸にせまってくるものがあったであろう。二月の冷たい風に身をさらし、波が押し寄せてくる荒涼たる岩場に立つと、追い詰められた彼女たちの絶望が、身に染みて感じられたのである。

第五集は「スミレ咲く」として三二首、その中で直接ひめゆりを詠んだのは一首、

　ひめゆりの散りし学友らの塔の辺に相思樹の黄花香りて包む

がある。

相思樹の花が咲くのは四、五月。上村は、その黄金色に輝く花の色にではなく、「香り」

に魅かれたのである。

　上村が『花ゆうな』に寄稿した歌のなかに見られるひめゆり詠歌をひろっていくと第六集に六首、

五十四年経し今もなほ亡き学友の声なき声のひめゆり資料館
激戦の風化はならじと証言に日々励みをりひめゆり資料館
ひめゆりの学徒ら早七十路坂なほ奮い立つ戦の語り部
永遠の平和を願ひ若きらに激戦の惨を語り継ぎ行く
突然に爆音高く飛ぶ軍機に戦の機銃蘇り来る
梅雨時の学友との話は幾度か死線を越えたる激戦の惨

と言ったのが並んでいる。

　ひめゆり資料館とその館で、展示物を前にして体験談を語る証言委員について詠んだものである。「五十四年経し」を先においているから、これらの歌の詠まれたのが、一九九九年であったことがわかる。第六集『花ゆうな』が刊行されたのは二〇〇〇年三月一日。前年詠んだ歌を並べているのは「早七十路」という表現からも推測できる。「突然の」の一首は、上村自身の体験を詠んだものであるが、五〇数年たっても、基地を発着する「軍機」の爆音を聞くと、「機銃」の音が蘇ってきて恐怖におののくというのである。

第七集には、

慰霊祭校歌や別れの曲《うた》歌ひ亡き師学友顕つひめゆりの塔

第七集が刊行されたのは二〇〇一年（平成十三）三月一日であったことから、この「慰霊祭」は、五五年目のそれを詠んだものであることがわかる。同窓生によって歌われる「校歌」や「別れの曲」は、例年通りであったが、その年の「慰霊祭」は、とりわけ感慨深いものがあったのであろう。

第八集には、

忘れたき激戦の惨蘇り悲しみ深き梅雨どきの日々
ひめゆりの塔の相思樹枝そよぎ散りにし学友の囁く如し

資料館の学友の遺影に真向へば声なき声に涙あふれ来
砲弾の火焔に我は視力弱り野戦病院に療養したる日々

第八集が刊行されたのは二〇〇二年（平成一四）二月一〇日。これまで、三月一日に発行していたのがどうして二月一〇日になったのか分からない。「砲弾の」は、第六集の「突然に」と同様、みずからの体験を詠んだものである。

この集には、「花ゆうな短歌会主宰」の比嘉美智子の「白い風車」の中に「祈りつつ遺影を辿るほかはなしお河童あたまの幼なひめゆり」「ひめゆりの若き少女ら戦場に駆り出されたり日本の楯と」「めそめそ泣く間などなし体温の残る片足捨てにゆきしと」「ゆくりなく水汲みにゆきし友ひとり砲弾に撃たるるを見て立ち尽くす」「稟として傷兵を看る看護婦はいまだ十五の女学生なる」「野の果てに喜屋武岬あり終戦を目前にして少女ら自爆す」「ここ永久にひめゆりの少女ら忘るまじ平和のこころ新世紀へ継がん」といったひめゆりを詠んだ歌が並んでいる。

沖縄戦、とりわけひめゆりの悲劇を、二〇〇〇年の「新世紀へ継がん」という思いで詠まれたものである。上村の第七集の歌「慰霊祭」は、多分、新世紀に入っての慰霊祭になったことで、やはり特別な思いで詠まれていたのである。

第一一集には

ひめゆりの資料館の庭に白百合の花咲き香り亡き師学友顕つ
七十路のひめゆり学徒らリニューアルせし資料館に戦さ語り継ぐ
ひめゆりの散華せし学友の面影は制服姿の乙女のままに

といった歌がみられる。

リニューアルした資料館で説明にあたっている証言委員たち、そして「鎮魂の間」を埋めている制服姿の遺影が詠まれていた。以下、

ひめゆりの学舎戦火に消え失せど「別れの曲《うた》」の愛唱続く
春来れば灯ともす如き相思樹の黄花咲き継ぎ仄かな香り（第十二集）
永遠の平和を願ひ七十路のひめゆり学徒ら戦さ語り継ぐ

ひめゆりの資料館に流るる別れの曲声《うた》なき声の亡き学友の面（第十三集）

十余年のひめゆり学徒の夢実現戦の証言の映画「ひめゆり」

ひめゆりの亡き師亡き学友偲びつつ激戦の惨を語り継ぎゆく（第十四集）

と、いったのが見られる。

第一五集から上村の短歌は『花ゆうな』誌上から消える。

上村が詠んだ歌の題材を見ていくと、資料館、語り部、相思樹、「別れの曲」、リニューアル、映画「ひめゆり」の完成といったものである。そのなかで、あらためて触れておきたいのがいくつかある。その一つが、「語り部」である。戦を「語り継ぐ」というかたちで繰り返し出てくる資料館のいわゆる「証言者」たちのことである。

戦場に出て、生き残ったひめゆりたちは、資料館の開館とともに、「語り部」としての役割を担っていく。

七年間、紆余曲折してようやく開館し、ほっとしたところだったが、これまで資料委員として建設にかかわってきた人がそのまま証言委員として館内での説明・証言をすることになった。開館から十余年、年中無休の資料館に毎日三名ずつ出勤し証言している。（中略）ひめゆり平和祈念資料館は生存者（ひめゆり学徒隊の生き残り）が証言していることで、感銘をよんだのである。

『ひめゆり平和祈念資料館―開館とその後の歩み』（財団法人沖縄県女師・一高女ひめゆり同窓会、二〇〇二年六月一日）は、「証言員の活動について」の項でそのように書いていた。証言委員たちは、最初、戦場についての話ができるだろうかと思って不安であった。証言委員のひとり上原当美子は「はじめのころ、私は、何を話していいか分からない、話そうとしたら涙が出る、そういった状態でした」という。津波古ヒサは「資料館ができてからは、実際に自分たちの経験を話すことになって、それができるかどうか心配しながら、話したくない、でも友だちの分まで頑張らなければという気持ちで一生懸命やっていました」という。宮城喜久子は「涙を流したり、明日は当番だからどうしようとか、心配しながら証言してきた」というのである。しかし、彼女たちは、証言を続けていくなかで、「証言の力」が、いかに強いものであるか知るようになる。そして「語り継ぐ」ことを生き残った者の使命だと考えるようになっていくのである。

二つ目は、リニューアルについてである。ひめゆり平和祈念資料館は、二〇〇四年六月、創立一五周年を迎えるにあたって改装を計画しているが、その狙いは「建物の修理等もあるが、展示物を通してよりよく後世に語りかけることである」として、次のように述べている。

あの時代（戦争の時代）にごくあたり前だった言語表現が、半世紀以上経た現在の若い世代には通じないということがある。その点を考慮に入れて説明文をかんがえる、ということがひとつ。

さらに、それ以上に、あの戦争体験を、単なる過去の、そして一地域だけの出来事として見るのではなく、人類社会全体を念頭において、現在、そして未来を見通すきっかけにすることである。戦火を浴びたものだけに課せられた悲劇としてながめるのではなく、現在および未来に対して、さらに、人間全体に課せられた問いかけとして受けとることである。

以上のことを念頭に置いて、今回の改装には、新しい部屋をひとつ設けることになった。

過去の痛切な経験を辿って来て、現在に戻り、ここで改めて未来を考えようというのである。視野を世界に向け、改めて平和を考えるのである（「これからのひめゆり」『続ひめゆり――女師・一高女沿革誌続編』）。

沖縄戦を、より分かりやすく若い人たちに伝わる表現に改めていくことを手始めに、一地域の出来事としてではなくもっと広い視野から見ていくこと、そして未来を考えていく契機となるような展示をめざして改装した資料館は、証言者をはじめ関係者がもっとも心を込めて作られた第四展示室の「鎮魂」および第五室の「回想」の場はほぼそのままに、第一展示室を「ひめゆりの青春」、第二展示室を「ひめゆりの戦場」、第三展示室を「解散命令と死の彷徨」、そして新規増築した第六展示室を「平和への広場」とし、第二期に入って行く。

上村の歌に詠まれているあと一つ「ひめゆり」の映画については次のとおりである。

映画「ひめゆり」というと、一九五三年に上映され、「観客動員数六百万人を超えた」といわれる「ひめゆりの塔」をはじめ、一九六八年の第二作、一九八二年の第三作、一九九五年の第四作のいずれかを思い浮かべるに違いないが、上村の詠んだ映画「ひめゆり」は、それらとちがい、証言者たちがいわゆる「語り部」として、各自の体験を語っていくかたちで作られたものである。

『資料館だより』（二〇〇六、一一、三〇）第三八号は、「長編ドキュメンタリー映画『ひめゆり』が完成し、今年八月一三日、特別上映会が那覇市のパレット市民劇場で行われ」たといい、続けて「この映画は当館と『プロダクション・エイシア』による共同制作で、一九九四年より撮り続けられている『ひめゆり学徒生存者の証言映像』の集大成ともいうべき作品」であると、書いていた。第三八号に続いて第三九号では、同映画が「二〇〇七年三月二四日から四月六日の二週間、那覇市桜坂にある桜坂劇場で上映され」たこと、三月二三日には、「前夜祭が開催され」、トークショーのあったことなどが報告されている。

上村がいつその映画を見たのか分からないが、映画は上村が詠んでいるように、これ以上ない「戦の証言」となっていた。

Ⅳ

相思樹の歌人

――上江洲慶子「鎮魂のうた」

1

「鎮魂のうた」と題して『黄金森』に収録されている上江洲慶子の歌は次のようなものである。

①相思樹の樹々わたりゆく風の音亡友《とも》の声かと耳澄まし聞く
②碑の前に在りし日の学友偲び歌ふ「相思樹のうた」に啜り泣きの声
③いかばかり口惜しからむか学半ば果てし学友等の胸内憶ふ
④現し身は還るなき学友のうつし絵に五十周年の同期会告ぐ
⑤資料館の写真の学友に真対へば時空を超えて迫るかなしみ
⑥半世紀タイムスリップせしごとく学友の遺影の前に佇む
⑦戦争に学友行かしめて半世紀短歌詠みつぐは心痛むも

「鎮魂の歌」は、右に上げた歌の前に、次のような歌を並べていた。

戦場の修羅眼裏に顕たしめて真陽照りつくる摩文仁野をゆく
生きゆかむ声聞こゆなり摩文仁野に散りにし屍踏みゆくを畏る
鎮魂の言葉もあらず幾万の散りしみ魂のただ安かれと
匂やかに青葉を洩るるまだら陽に鎮まり深く慰霊碑は建つ
戦ひに散りたるみ霊鎮むると供花をちこちの慰霊碑に匂ふ
案内乞ふ媼の告す友の名に胸拉《ひし》ぎ黙す面重ね顕てば
足元もおぼつかなきを碑の前に目頭押さへ香焚く媼
幾万の無念の声か摩文仁野に雷鳴はして豪雨たばしる

これらの歌は、摩文仁で亡くなった人々を偲んで詠まれたものである。ひめゆりを詠んだ歌を見ていくということからすれば、除外してもかまわないといえるが、そうしなかったのは、沖縄戦を語るということになれば、摩文仁を落とすわけにはいかない、ということによる。

摩文仁野は、さす範囲がどのあたりまでなのかはっきりしない。米須、伊原一帯まで含めれば、ひめゆりの学徒たちが逃げ惑ったところでもあったし、何よりもそこは、沖縄戦最後の地となったところであった。南部へ移動してきた人々は、地引網に囲い込まれるようにして米須、伊原、摩文仁へと追い込まれていった。

『沖縄戦　第二次世界大戦最後の戦い』（喜納健勇訳　アメリカ陸軍省戦史局編）は、沖縄戦末期の様子について「民間人は、敵戦線において最終的な攻撃が始まったあと、戦闘部隊にとって厄介な存在になった」といい、彼らは「南に追いつめられ、追いつかれるまで洞穴や石造りの小屋に隠れ」ていて、夜間、前線を通りぬけようとしたりするので、「歩兵たちはできるだけ多く、この民間人を助け」るため、「たびたび戦闘を中断した」といい、次のように続けていた。

戦闘末期の日々、前線の真後ろに座り込んでいる民間人の集団が必ずいた。彼らは助けや指導を待っていたが、多くは死ぬだろうと思い込んでいた。半分ないし三分の一が負傷している八万人の沖縄の民間人が、六月最後の二週間の間に、最南端の洞穴から這い出て来た。これらは子供・高齢者・女性たちで、強壮な男たちは少なかった。彼らは長い列をつくって後方に向って歩いた。女性の多くは背中に子供を背負い、衣類の包み・食料・皿・湯沸しを頭に乗せて運んだ。すべて彼女らの所有物だった。サトウキビを見つけると、それを取ってかじった。何千という民間人の死体が、溝・サトウキビ畑・村の瓦礫のなかに散らばったり、穴に密封されたりしていた。

何千という死体の散らばるなかを傷ついた人々の群れが歩いていく。そこが何処だったかその地名は記されてないが、「最終的な攻撃が始まった」ということからして、摩文仁であったといっていいだろう。いずれにせよ摩文仁は、撤退してきた司令部がおかれ、「日本軍指揮官」が最後を迎えた場所であった。同時に多くの民間人が亡くなった場所でもあった。

学徒たちの多くは摩文仁に行き着く前に、収容されているが、学徒隊長西平英夫のグループは海岸伝いに進み、摩文仁を通り越し「具志頭村のギーザバンタに到着」（ひめゆり学徒隊資料集3）していた。西平は「夕方になれば崖登りを決行するから、昼のうちによく休んでおくようにと命じた」という。そして「その時」として、「はるか摩文仁の方で壕然たる音がしたので、ふり返って見ると、二本の黒煙が天に沖して立ち昇っていた」といい、「あれは日本軍の最後かも知れない。軍司令官が自決して、司令部の壕を自爆したのかも知れない」と思う。そして「敵が沖縄に来攻して以来九十一日、日本の運命をかけて展開された沖縄決戦も、ここに刀折れ矢尽きて終焉のときを迎えたのだ。無限の感慨をこめて、われわれはうすれゆく煙をいつまでも見守っていた」（『学徒隊長の手記』）と書いていた。

西平たちがふり返って見た「二本の黒煙」は、西平が想像した通り、沖縄守備軍が「終焉のときを迎えた」ことを告げるものであったのである。

摩文仁野は、そのように「沖縄守備軍」の終焉の地となったばかりでなく、多くの非戦闘員が亡くなったことで、戦後、「鎮魂」のため多くの「慰霊碑」が建てられていく。

大田昌秀は、摩文仁をはじめ各地の戦跡にたてられていった「慰霊の塔」について、次のように述べていた。

これらの慰霊の塔のひとつひとつには、生き長らえた人々の戦争犠牲者にたいする無限の悲しみ、痛み、切実な哀惜の想いがこめられている。それゆえ、塔の前にぬかずくとき、わたしたちは、一家の杖とも柱とも頼む夫を、親を、兄弟を、そしてわが子を荒涼たるさいはての地に失った無数の遺族たちの、言葉には表せない悲しみが痛いほどわかる。

それどころか、心耳を澄ましてきけば、不遇の死を遂げた人々の苦悶の声が、塔の下から背後の潮騒とともに聞こえてくることに気付くはずだし、また、ついに叶うこともなかった死者たちの生への切なる渇望をも汲みとることができるにちがいない（『沖縄戦戦没者

を祀る　慰霊の塔』那覇出版社一九八五年六月二三日)。

「碑」と「塔」とでは正確にいえば多少違うかも知れないが、ここでは両者ともに、戦争犠牲者を祀った建物ということでとっておく。その「碑」や「塔」にむかう気持ちが、太田の言葉には尽くされていた。そしてそれは、上江洲の「慰霊碑」の歌を彩っているものでもあった。

上江洲の摩文仁野を詠んだ歌群は、ひめゆりの歌に入って行く前の、いわゆる前奏曲ともいえるものとなっていた。具体的にいえば、摩文仁の慰霊碑から、伊原の塔へというようにである。

上江洲が、沖縄年刊合同歌集に登場して来るのは第9集『白北風』(一九八五年)からではないかと思うが、「折にふれて」と題された一一首の中に一首だけ、「その昔《かみ》の面輪も失せて骨朽ちし姫百合の友に心痛みぬ」と、ひめゆりを詠んだ歌があった。そして第11集『金真弓』(一九八七年)には

相思樹の黄花そよげどひめゆりの友は還らず名のみとどめて

杳き日の学びの友の歌声の調べも悲し相思樹の歌

の二首、そして第13集『鈴富』（一九八九年）には、

相思樹の黄金の花の耀きに学友《とも》と語りし通ひ路思ふ
年ごとに相思樹の花咲きつげど戦に逝きし友は帰らず

の二首があり、第17集（一九九三年）には

哀しとも耀かしとも亡き学友に重ね思ひつつ相思樹仰ぐ
学友ら逝きし黄泉のくにをも照らしゐむ相思樹の花黄に点りつつ
俤の学友の口惜しみ偲ぶ佇つ黄花こぼるる相思樹の影
春来れば黄金に匂ふ相思樹に戦に逝きし学友偲びをり
学半ば逝きし学友偲びつつ詠みつぎゆかむ相思樹の詩

といったように相思樹を詠んだ歌が並んでいく。

相思樹を詠んだ歌といえば野村ハツ子の「相思樹の歌を歌へど声にならず学びあひにし学友の影顕つ」「紅緒の下駄からころ鳴らし相思樹の木下道ゆきし思い出は遠く」（『真玉森』第16集　平成四年）や、親泊文子の「塔前の相思樹根づき昔日の母校偲びませひめゆりの友」（『真玉縄』第17集　平成五年）、岸本ひさの「少女期の学園並木路顕たしめて相思樹の花いまを盛れる」「若夏の風爽々と相思樹はゆたに揺れつつ黄の花こぼす」（前同）、喜納和子の「亡き学友と通いし並木路靴底の花ぶさの感触今に忘れず」、「相思樹の枝に夏ぐれ降り止まず今日一人佇つ亡友の碑前に」（『黄金森』第19集　平成七年）といったのがあるように、何名ものひめゆりたちが詠んでいるが、上江洲ほど、それを取り上げて詠んだものはいない。

相思樹について書かれたひめゆりたちの回想については先に見てきたが、その時触れ残していたことがらについて、ここで改めて取り上げていきたい。

一九一〇年（明治四三）入学、一九一三年（大正二）卒業、第一〇回生の具志堅光子が「相思樹」と題して書いた作文がある。少し長いが全文引用しておきたい。

あれが植ゑつけられましたのは、三年のころでしたから、ポプラと一つ越しに植ゑられた、一尺ばかりの可愛らしい苗でした。最初の程はポプラの方が威勢が良く、グングン延びて背較べしている私共を、追い越す事一尺許り、相思樹が肩位まで生い育った頃、別れを告げなければなりませんでした。之が此二種の木の沖縄に移植された最初の物では無かったかと思ひます。其後ポプラは適しなかったのか姿を消して終ひましたが、独り相思樹は繁り栄えて、恰も母校の校運を象徴するかの様です。今は年々にほのかなる香を、散華の如く少女達の頭に振り撒き、又濃やかなる緑は彼等の希望を育くんで呉れます。此下道をくぐる少女達は、本当に幸多い方許りです。いつ迄もいつ迄も其清らかに素直な少女心を、失わないで下さい。皆様の栄えは取りもなほさず、母校の輝であり、母校の御発展は又、私共の行手を照らして下さいます。

苗が植えられ、成長し、やがて花が咲き、それが陽をあびて肩や頭に降り注いできて、その下を通る生徒たちを一層華やかにしていった、という相思樹にまつわる回想はこのうえなく美しいばかりか、相思樹が、いかに大切なものとして受け入れられていたかが分かるものとなっている。

相思樹が、黒岩恒によって台湾から沖縄に導入されたのは一九〇六年（明治三九年）だという（『沖縄大百科事典』）。それが、「一足先に安里が原に移転した高女校で、後年女師一高女のシンボルとなった校門前の相思樹並木が植えられた」のが一九一二年（大正元）であったことが具志堅の文章からわかる。それが倉智の赴任してくる一九四一年（昭和一六）頃には、名実ともに女師一高女の「シンボル」となっていた。

その「シンボル」も、沖縄戦で学園とともに姿を消してしまう。

野村ハツ子の「紅緒の下駄からころ鳴らし相思樹の木下道ゆきし思い出は遠く」は、姿を消してしまった学園の並木路を詠んだものであったが、喜納和子の「相思樹の枝に夏ぐれ降り止まず今日一人佇つ亡友の碑前に」は、母校の相思樹ではなく、「ひめゆりの塔」の周りに植えられた相思樹を詠んでいた。

「ひめゆりの塔」のまわりの相思樹は、母校との縁になるものをと、一九七九年（昭和五四）年一〇月、「霊域に思い出の相思樹を植えようということ」になって、一〇月七日に予定していた。しかしその日は雨になり、一〇日に決行。約二米ばかりの相思樹を四本、南向きに植えたという（三井好子・一高女昭和一六年卒の日記から『ひめゆり―女師一高女沿革誌―』）。それが、「ひめゆりの塔」周辺に植えられた相思樹の最初なのかどうかはっきりしないが、三井は、「日記」に、「戦災ですっかり焼失した私達の母校、女師一高女の校門は、安里の県道から約百米の両側に校門に向って、何十年も経た相思樹の大木がアーチ型になって繁っていた。その美しい枝ぶり、黄緑色の葉、春になれば黄色の綿のような花、静かに目を閉じれば、青春を謳歌した学生達が相思樹並木の下を行き帰りしたあの日あの時がなつかしい」と往時を回想し、「塔に眠る恩師、学友の霊を弔う思いをこめて霊域を整備」したと書いていた。

三井たちが植えた相思樹も十数年後には大木になっていて、その葉群れに風があたって揺れるのが心をひくほどになっていた。

「鎮魂のうた」の①は、その相思樹を渡る風の音が、亡き友の声を運んでくるように思われるというもので、慰霊祭に参加した際の感慨を詠んだものであろう。②は、間違いなくその時のことが詠まれたものであることがわかる。

「相思樹のうた」というのは、「目に親し　相思樹並木」と歌いだされる太田博作詞、東風平恵位作曲になる歌である。『ひめゆり学園』（ひめゆり平和祈念資料館　資料集2）は、「巣立つ喜びと淋しさを歌った」もので、「卒業式の歌ということで」タイトルも「別れの曲」に変えられたと説明している。三角兵舎で行われた古今未曽有の卒業式には「海ゆかば」が歌われ、「別れの曲」は歌われなかったが、生徒たちは、「弾雨におびえながらも壕の中で」

くちずさんでいた、という。

「別れの曲」は、歌われるべきときに歌われなかったという無念さと、そのメロディの清らかさによって、戦後50年たっても歌い続けられる思い出の歌となっていく。

一九三九年（昭和一四）一高女、昭和一六年師範第二部を卒業した小渡千代子に次のような歌があった。

ひめゆりの友は還らず別れの曲むせびて歌ふ七十路われら（『黄金森』）

「別れの曲」は、ひめゆりの慰霊祭に、同窓生によって歌われるもので、あらたな悲しみをさそうものとなっている。小渡の歌もそうだが、上江洲の歌も、そのことをよく伝えるものとなっていた。

④⑥は、資料館の第四室「鎮魂」の間で、遺影が壁をうめているのを見て、胸をつかれたことがうたわれていた。第四室は、生き残ったひめゆり学徒たちが、もっとも心をこめて作り上げた部屋である。

館内、特に第四展示室に立ちますと、「別れの曲」の調べを聞きながら過ぎ去りしあの頃を思い浮かべ、五十七年前が走馬灯の様に脳裡をかけめぐり、何時しか親友板良敷良子さんの遺影の前に進みます。

「今日当番で来たよ。」と語りかけると「私達は話せないけど、生き残った貴女私達の分まで平和の為にがんばってね。」と十六歳の良子さんの声が聞こえる様です（新崎昌子『ひめゆり平和祈念資料館―開館とその後の歩み―』）。

最初第四展示室に立っていると、遺影の学友たちがにらみつけているようで、顔を上げることができませんでした。いつも胸の内で手を合わせ許して下さいと念じていました。今は向こうから語りかけてくるような気がして元気になります。（富村都代子「20年語り続けた命の尊さと平和の大切さ」『ひめゆり平和祈念資料館20周年記念誌　未来へつなぐひめゆりの心』二〇一〇年三月三一日）

証言員として展示物の説明にあたっていた新崎、富村の言葉である。

知念淑子は、当番の最初の日、第四展示室「遺影の間の入り口の前で」おじぎをした。

それが習慣となり、当番に当たった日は、必ず挨拶に行ったという。知念がそうであったように、証言委員たちの多くが、当番の日は、まず第四室に足を運んで、遺影に挨拶をした。証言員たちは、彼女たちが元気だったころの姿を知っていた。それだけに、挨拶に行くと、彼女たちの声が聞こえてくるような気がしたし、語りかけてくるような気がした。そして、彼女たちに代わって、彼女たちの声を届けたいという思いが沸き起こってきたのである。

それは、たぶん、同じ体験をしてきた者たちにしかわからない心の動きであった。

もちろん、上江洲も、学友たちの遺影の並ぶ第四室に入ると、万感胸に迫ってくるものがあった。それを「かなしみ」と詠んだのである。

上江洲の「かなしみ」は、遺影と対面したときだけでなく、相思樹を見てもあふれ出て来たように見える。相思樹は、学友たちのありし日の姿を思い出させるもので、どんなに詠んでも詠み尽くせるものではなかったように見える。それほどに、上江洲はとりつかれたように相思樹を詠んでいた。

「嬉しいにつけ哀しいにつけ時代が代っても、私の脳裏を過ぎるのはあの大戦に散ったひめゆりの学友や兄弟のことです」と、上江洲は、「平成の代を逝かしむ」（『黄金花』53・54合併号、二〇一九年六月）で書いていた。そして「うりずむの頃に花を咲かす相思樹はひめゆりの学友にとってもかけがえのない花で、平成の代も花を咲かせ続けました。」と続け、「相思樹は散りゆく学友《とも》を偲べとて平成の代も黄花灯しぬ」の歌を添えている。上江洲にとってひめゆりと相思樹は不即不離のものとしてあった。

2

上江洲は二〇一〇年（平成二二）に『相思樹の譜』と題した歌集を出している。

目次の前に「序章」として「序歌」六四首を置いた歌集は、沖縄県歌人会編になる『沖縄年刊合同歌集』に発表した作品から一一九首を抜き出して、第一章を「花のある道」と題し、以下、第二章「一陣の風（黄金花表現の会作品集から）」一〇九首、第三章「生きの緒」（郷土文学・蒲葵の花から）」六〇首、第四章「波の声」（沖縄タイムス歌壇・琉球新報歌壇から）九九首、第五章「百鳥の声」（記録・身辺詠・歌日記から）として二五五首、そして終章に四〇首、総計六三九首を収め上梓したものである。

歌集は、上江洲が「あとがき」で、「私の詠んだ歌には母校である沖縄県立第一高等女学校の学友への想いを詠んだ歌が数多くあります。卒業を目前に去る大戦でひめゆり学徒看護隊として動員され、還らぬ人となった学友や師を偲び、また十代で学半ばで戦に果てた兄や弟への思いに鎮魂の意を込めて詠んだ歌です」と書いているように、そのほとんどの歌が、学半ばで亡くなった学友や兄弟、とりわけ「ひめゆり」を詠んだ歌でしめられていた。まさしくそれは「鎮魂」の歌集といっていいものになっているが、そのような歌集の題名を『相思樹の譜』としていたのである。

題名について上江洲は、「題名の『相思樹の譜』は、学校への行き帰り親しんできた相思樹の並木、三月の卒業式に歌われるはずであった相思樹のうた（別れの曲）に因んだものです」と明かしていた。相思樹が、上江洲にとっていかに歌の大きな部分をしめているかがわかる発言であった。

上江洲は、その言葉通り、実に多くの歌に相思樹を詠みこんでいて、相思樹の歌人と称することができるほどだが、次に歌集から煩を厭わず、「相思樹」の出てくる歌を抜き出しておきたい。

序章

相思樹の樹々わたりゆく風の音亡友《とも》の声かと耳澄まし聞く

碑の前に在りし日の学友偲び歌ふ「相思樹のうた」に啜《すす》り泣きの声

第一章「花のある道」（沖縄県歌人会『沖縄年刊合同歌集』から）

杳《とお》き日の学びの友の歌声の調べも哀し相思樹の花
相思樹の黄金の花の耀きに学友《とも》と語りし通ひ路思ふ
年ごとに相思樹の花咲きつげど戦に逝きし友は還らず
相思樹の黄金耀ふ季《とき》めぐりしくしくに顕つ学友のまぼろし
相思樹の黄金の花の降りつぐを払はづて佇つ亡き学友寄るやに
学友ら逝きし黄泉のくにをも照らしゐむ相思樹の花黄に点りつつ
学半ば逝きにし学友を偲びつつ詠みつぎゆかむ相思樹の詩
ひめゆりの学友を顕たしめ若夏を黄金に匂ふ相思樹の花
相思樹の枝揺らしめて小鳥らは亡き学友哀しめと黄花降らしぬ
さわさわと相思樹の梢《うれ》わたる風逝きし学友等への祷りにも似て
「いつの日にか再び逢はむ」杳き日に友と唄ひし「相思樹の歌」
相思樹の木漏れ日揺るる資料館にみ魂鎮もるひめゆりの学友

第二章「一陣の風」（黄金花表現の会作品集から）

生きよとも哀しめよとも相思樹の黄花《きばな》こぼるる現し身吾に
今は亡き友等呼び合ふ声かとも相思樹の梢に風渡る音
魂よ来ませ相思樹の歌に乗りて来ませ五十五年目の慰霊の日の今日
黄の花をしきりにこぼす相思樹にしくしくに顕つ学友の面輪の

第三章「生きの緒」（『郷土文学』・『蒲葵の花』から）

南風吹きて黄花散りぼふ相思樹に戦に果てし友の偲ばゆ
杳き日の学びの友の歌声の調べも哀し相思樹の歌

第四章「波の声」（「沖縄タイムス歌壇」・「琉球新報歌壇」から）

過ぎし日を学びの校庭《にわ》にうち連れて共に歌ひし相思樹の花

第五章「百鳥の声」（記録・身辺詠・歌日記から）

杳き日の思ひをいくつ顕たしめて相思樹の花黄に耀へり
常世なる学友の声かとも相思樹のこぼるる黄花に耳そばたつる
咲き満てる梢を黄金に耀はせ亡き学友顕たしむ相思樹の花
六月忌ひめゆりの学友の声聞かむ相思樹の梢渡りゆく風に

『相思樹の譜』にはそのように序章に二首、一章に一二首、二章に四首、三章に二首、四章に一首、五章に四首の計二五首の「相思樹」を詠みこんだ歌が見られた。終章に見られないのは終章のテーマが、「夫」にあったことによっていよう。

上江洲が歌集の題名を『相思樹の譜』としたのは、そのように数多くの「相思樹」を詠んだ歌を収めているからであろうが、それらの歌は、そのすべてが、ひめゆりの学友たちを偲んだものであった。上江洲の「相思樹」は、たんなる樹木としてではなく、ひめゆりの学友たちとつながってあるものであった。

上江洲は、『相思樹の譜』から二年後の二〇一二年（平成二四）には第二歌集『相思樹に吹く風』を刊行している。「序歌」の「相思樹に吹く風」一一首には、次のような歌が並んでいる。

相思樹に吹く風を聞く学友《とも》らより六十年《むそとき》余りを長く生き来し
響みつつ相思樹に吹く風の音は平和を請ひしひめゆりの友
為したきを成すなく逝きし友垣の口惜しさ思ひ仰ぐ相思樹
六月忌また巡り来ぬひめゆりの学友らの哀しみ誰にや告げむ
亡き学友の御霊なりしや年どしを黄金《こがね》に耀ふ相思樹の花
黄の風は相思樹の花吹き抜けて光は散らふ学友のまぼろし
相思樹は黄花幽かに震はせて母恋ひをらむひめゆりの学友
六月忌学友の無念の声を聞く相思樹並木の風のそよぎに
資料館の相思樹並木の奏づる学友と唄ひし相思樹の詩《うた》
相思樹の亡友の御前に額づきて慎み祷らむ「御霊鎮まりませ」
さはさはと相思樹に吹く風の音はひめゆりの学友の哀しみの声

一一首のなかで一首だけ「相思樹」の出てこない歌があるが、『相思樹に吹く風』もまた、相思樹を詠んだ歌が数多くみられた。「相思樹」を詠んだ歌を取り出していくと、次のようになる。

相思樹の黄花そよげとひめゆりの友は還らず名のみとどめて
黄に彩ふ相思樹の花に逝きし学友偲びて佇てば雨の降りくる
季来れば黄金に匂ふ相思樹に戦に逝きし学友偲びをり
黄金なし若夏を盛る相思樹に逝きて還らぬ学友の顕ちくる
亡き学友の哀しみの声か相思樹の黄花こぼるるかそかなる音
やうやくに七百余首に纏めたる吾が歌集成る『相思樹の譜』
その昔に乙女のままに逝きし学友偲びつつ歌ふ相思樹のうた
静かなる誇りにもにてうりづんを黄の色灯す相思樹の花
相思樹よ黄泉路を灯せ学友逝きて六十五年経るも真乙女なれば
学友ら征き六十六年供花のごと黄の花灯す相思樹の花

相思樹を詠んだ上江洲の歌には、大きな特徴がみられた。その歌はことごとく「亡友の声」「逝きし友」「亡き学友」「戦に果てし」「学友の声」といった言葉と結びついていた。相思樹といえば、すぐに戦で亡くなった学友たちのことが思い浮かんできたのである。

上江洲の歌に詠まれた相思樹は、そのように、悲しみを際立たせるものとしてあった。

それが、第二歌集には、これまでとは異なる歌があらわれてくる。「相思樹よ黄泉路を灯せ学友逝きて六十五年経るも真乙女なれば」といった歌である。相思樹は、亡き友だちを思い出させる、いわば、悲しみを呼び起こすものとして詠まれていたが、そこに、「黄泉路を灯せ」といった歌が現れてきたのである。相思樹が、あの世に旅立っていくものへの道しるべの「灯」になって欲しいという願いを託す対象になっていた。それは相思樹を詠み続けてきたものにしか詠めないものであった。

上江洲は、第二歌集について「戦争詠を中心に家族詠・自然詠をタイムス歌壇・琉球新報歌壇・『黄金花』に発表した歌を自選し纏めました」と書いていた。そして「戦争詠」については「昭和二十年卒業を間近に地上戦に突入した沖縄で二十三万人余の尊い人命を失い、なお、肉親や、四年もの間共に学んで来たひめゆりの師や学友を失った哀しみを詠み続けました。」といい、続けて「夏が巡り、慰霊の日が近づく度に戦後六十七年たった今もなお戦争の悲劇を忘れることはできません。亡き師や学友への鎮魂の祷りも込めて第一歌集『相思樹の譜』に続き、第二歌集『相思樹に吹く風』と致しました」と書いていた。

上江洲慶子は、そのように、学園の象徴ともいえる相思樹に託し、もっとも多くの「鎮魂」の歌を詠んだ、ひめゆり学園出身の歌人であったといっていいだろう。

Ⅴ 歌を詠み続けた生涯

――親泊文子

「終戦50年」を冠した『黄金森』に登場したひめゆり学園出身の歌人で、いち早く歌壇に登場し、しかもその後とぎれることなく活動を続けてきたのに、親泊文子がいる。

『黄金森』に発表した「潮騒」二〇首の中、ひめゆりを詠んだ歌は、しかし、わずか一首だけである。


洞に眠る乙女に届くか観光の行き交う人の繁き足音

ひめゆりの塔が、観光地化し、俗化していくのを危惧した一首である。

北村毅は、その著『死者たちの戦後史　沖縄戦跡をめぐる人びとの記憶』(二〇〇九年九月七日　お茶の水書房)で、「一九五三年一月に公開された映画『ひめゆりの塔』の大ヒットにより、ひめゆりの塔は、「沖縄の悲劇」を象徴する場所となった」といい、同映画によって、沖縄戦および沖縄が知られるようになったこと及び佐賀県で開催された「観光貿易博覧会」会場に設けられた「琉球館」で、「ひめゆりの塔の実物大のレプリカが展示され」、「多くの来館者を招致することができた」といったことを例示し、次のように続けていた。

　一九六〇年代に入ると、ひめゆりの塔は、日本全土から戦跡巡拝団や観光客がひっきりなしに訪れ、本格的な観光地化の波にさらされる。（中略）一九六〇年に二万人程度だった入域旅客数は、一九六七年に十万人の大台を超え、「復帰」の一九七二年に四四万人超を数えた。それにともない、沖縄へ「第二のハワイ」をめざしてやって来た観光客が、観光地としての戦跡に殺到するという事態が生じた。

　北村は、その後、宮城栄昌が「戦跡の観光的価値が高まったために、追憶される戦跡、考えさせる戦跡から、見るための戦跡になりつつある。それに塔の装飾がひどくなり、花売りをはじめ、物売りするものが多くなって、俗的な場所になりつつある」と指摘していたことを受け、「ひめゆりの塔はそのような観光地化・『俗』化の最たる場所であった」と述べていた。

　親泊の一首は、まさにその観光地化・俗化していくひめゆりの塔の壕でなくなったひめゆり学徒たちの無念さを思って詠まれた一首であった。

　親泊は、沖縄合同歌集の創刊号から登場、しかし1、2、3、4、5、6、7、8、9、10、11にはひめゆりを詠んだ歌はなく、シリーズ12の『鈴鳴』（一九八八年・昭和六三年）になって

それぞれに夢見る瞳ひめゆりの乙女の写し絵生くるかに見ゆ

が出てくる。

ひめゆり平和祈念資料館の開館は一九八九年(昭和六四・平成元)の六月二三日。親泊の歌は、まだ学徒たちの遺影が飾られた「鎮魂の間」がない時に詠まれたもので、アルバムか何かを見たさいのものであろう。

資料館は、開館にあたって、亡くなった学徒たちの写真を集めていた。その呼びかけに応じるために探し出した写真を見て、詠んだものではないかと思われる。

シリーズ13『鈴富』(一九八九年・平成元年)には「日ざしの輝き」の題のもと、

乙女らの眠れる壕に額づけば梯梧落ち葉の音もなく舞ふ
黒髪をくくりて暗き壕に入り兵を看取りし友のいぢらし
ひめゆりの友の遺影に向きあへば首里のなまりの声聞こえ来る

の三首が出ている。

三首は、ひめゆり平和祈念資料館が開館してまもなく、同館を訪れた際、詠まれたものではないかと思われる。上江洲であれば、壕に舞う落ち葉は「相思樹」になったであろうが、親泊は「梯梧」であった。その歴然とした違いはまた、遺影と向き合ったさいにも現れている。上江洲には、「相思樹の歌」が聞こえて来たに違いないが、親泊に聞こえてきたのは「首里のなまり」であった。

親泊は、一九九一年七月一〇日に『夏草』を出版していた。『夏草』は、一九七六年（昭和五一）から一九八九年（昭和六四）までに詠まれた歌を収録、その五章「海ふところ」（昭和六三年～昭和六四年）に、

乙女らの眠れる壕に額づけば梯梧落ち葉の音もなく舞ふ
ひめゆりの友の遺影に向きあへば首里の訛りの声聞こえくる
黒髪を括りて暗き壕に入り兵を看取りし友のいぢらし
それぞれに夢見る瞳ひめゆりの乙女の写し絵生くるがに見ゆ

が出ている。

『夏草』に収められた四首のうちの三首は、一九八九年に刊行された『鈴富』に、他の一首は一九八八年『鈴鳴』に発表したものであった。

『夏草』を見るかぎりでいえば、親泊が、ひめゆりを詠むようになったのは、一九八八年頃からである。そしてそれは、多分ひめゆり平和祈念資料館の開設が着々と進んでいるというニュースに接して詠まれたのではないかと思う。

ひめゆり平和祈念資料館の開館によって、親泊は、あらためてひめゆりと向かい合うことになったといえるが、それは親泊だけではなかった。仲本のぶもそうだった。

『鈴富』には、仲本のぶの歌五首がある。

生きてあるうしろめたさを推して入る資料館によみがえる砲の響き
美化してはならじと思うも迫りくる乙女らの清さ証言集に満つ
見上ぐればそのかみ学び一筋に励みし友の清き瞳よ
秀才と言はれし友のあたら命うばひて行けりむごき戦は
乙女らの清さ悲しさ口惜しさ証言集の前去りがたし

仲本のぶが沖縄合同歌集に登場するのは、『鈴富』からである。仲本は一九二三年（大正一二）生まれ。「昭和十四年沖縄県立一高女卒業、昭和十六年沖縄県立女師二部卒業。昭和十六年四月より国民学校訓導。昭和十九年八月より二十一年三月まで宮崎県北諸県郡山之口国民学校」と『黄金森』に記された略歴からわかる通り、沖縄戦を体験していない。「生きてあるうしろめたさ」は、沖縄戦のとき沖縄にいなかったばかりか、その上、多くの後輩たちを失っていたということによる。そのようなうしろめたさを背負いながらも、資料館ができたことで、ひめゆりと向き合うことができたのである。

資料館の第四室については先に触れたが、ここには、「(ひめゆりの）塔の前に口を開く第三外科壕が実物大に複製されている。高さ十四メートル、幅十六メートル、奥行き十二メートルの日本一の実物大模型で、展示室の観覧口から壕の開口部を仰ぎ見る形で設営されていて、多くの学徒たちが亡くなった現場が再現されている部屋であり、また、「ここは、ひめゆり学徒隊の鎮魂の場である。広い壁三面に二百余名の犠牲者の遺影とそれぞれの犠牲状況を記載したアルフォトパネルが、ひっそりと並んでいる。展示室中央には生き残りの生徒たちの証言の本二十八冊が」書見台の上に置かれている。（二〇二二年現在、書見台は①②「動員」(沖縄陸軍病院　一九四五年三月二三日〜五月二五日)、③「南部撤退」(一九四五年五月二五日〜)、④「糸洲壕が馬乗りに」(一九四五年六月一八日)、⑤「伊原第一外科壕で砲弾が炸裂」(一九四五年六月一七日〜一八日)、⑥「解散命令」(一九四五年六月一八日)、⑦「伊原第三外科壕の襲撃」(一九四五年六月一九日)、⑧「山城丘陵の惨劇」(一九四五年六月一九日〜六月二三日頃)、⑨「追い詰められた海岸で─喜屋武─荒崎」(一九四五年六月一九日〜六月二三日頃)、⑩水際をゆく─摩文仁海岸」(一九四五年六月一九日〜六月二三日頃)、⑫「砲弾は止んでも」(一九四五年六月一九日〜八月二二日)、⑬「収容」(一九四五年六月二〇日〜九月頃)と英語・簡体字・正書法・韓国語に翻訳した証言録の一四項目に分けられ、ひめゆりの足跡がたどれるように配列されている。)

入館者は、それらの証言集を読んだ感想文を残している。その一つに、目の見えない姉をつれて資料館を訪れた妹とその姉が書いた感想文がある。妹が、姉に手記を読んであげる。姉は「もう止めて」といい、感想を書きたいという。姉は、「妹が、私の目の代りに、読み上げた数々の悲劇は、後の世に何を伝えたいかが、明白であり、生々しい戦争体験談も多く、私と妹は、読み上げては泣きました。」と書いていた。

書見台の証言集は、「生々しい体験」を伝えていて、読むものを圧倒する。そして、それらが「何を伝えたいか」よくわかるものとなっているのである。親泊は遺影を、仲本は証言を取り上げて詠んでいるが、それは他でもなく、資料館の開館があってのものであった。

親泊は、シリーズ14『鈴金』（一九九〇年）にも、

ひめゆりの碑に刻まれし友の名に面影顕ちて去りがてにをり
忘れかけし戦のことの偲ばれて写真見つめつつ涙こみあぐ
仕合はせの最中にあるをとがめつつ戦世の写真に我立ちつくす

の三首を収めている。

「ひめゆりの碑」は、「ひめゆりの塔」ではなく、最初に建てられたものを指しているように思うが、質素であるだけに、その前から立ち去りがたい気持ちを起こさせたのである。

シリーズ16『真玉森』には、

同窓の友らと歌ふひめゆりの校歌に学びし頃の顕ちくる

の一首、17『真玉縄』（一九九三年）には

塔前の相思樹根づき昔日の母校偲びませひめゆりの友
薄れゆく記憶に再び師や友のよみがへりくるひめゆり資料館
春なれど暗きライトの資料館友の写し絵胸にせまり来

の三首がある。戦争の記憶がうすれつつあることは、14『鈴金』にも詠まれていたが、ひめゆりの塔や資料館が、その薄れつつある記憶を呼び戻し、鮮明にしてくれるというのである。

18『黄金木』（一九九四年）には

今ぞ見る戦に消えし学び舎の記念碑夏日に黒光りして

「学び舎の記念碑」は、資料館の喩表現だととっていいだろうが、かつての学び舎跡地に「二輪の百合」像他二組の彫刻が設置されたのは二〇〇二年（平成一四年）六月。三組の像についで『続ひめゆり』は「それらは、かつてあった平穏な時代への郷愁であるばかりでなく、子供たちが向かっている未来への希望と祈りである。私たちの学校はなくなり、学校の後輩もいないが、未来へ向かう多くの子どもたちに託した願いである」と書いている。

シリーズ20『黄金雲』（一九九六年）には

衣替へ心はづみし少女われ友等と詣でし波上祭の日

の一首がある。

ひめゆりを詠んだ歌というと、ひめゆり学徒として戦場に出て行った学徒たちのことや消え去ってしまった学園をしのんだ歌がすぐに思い浮かんで来るが、そういったものだけが、詠まれていたわけではない。「波上祭の日」のような歌もあったのである。

波上祭は、新入生とりわけ寮に入っていた生徒たちにとっては待ち遠しいものがあった。『ひめゆり―女師・一高女沿革誌―』には「波之上祭」として、次のような記述がみられる。

波之上祭

S　五月十七日の波之上祭は、学校生活のリズムとして思い出深い。

新入生の制服は家政科の生徒が仕立ててくれた。スカート丈は床上三十センチ、ヒダの数左右四つずつと、きちっと決って寸分の違いもない。制服を着て千人近い全校生徒が隊伍を組み学校を出発して波之上宮に参拝し、その後は自由解散となる救護連盟の厳しい監視があって平素は夜間外出はもちろん映画館や食堂に入ることも許されない。波之上祭の日だけは自由に羽ばたけるとあって、早速食堂へ。アイスクリーム、ミルクセーキ、天丼と聞いたことのない珍しいメニューに目を通すが結局は十五銭のそばで引きあげる。

Y

波之上祭は、新入生が、はじめて女師・一高女の生徒になったことを実感できる日であったといわれるように、新しい制服をつけて、祭りに参加できる晴れの日であった。寮では前夜から「着初め式」などがあって、盛り上がったといわれる。親泊は、その心弾む日のことを歌っていたのである。

親泊が寄稿したのは、シリーズ年刊合同歌集だけではない。親泊は、一九九四年・平成六年に創刊された『黄金花』にも創刊号から寄稿していた。しかし二号、三号にはひめゆりを詠んだ歌は見当たらない。一巻四号に

「ひめゆり塔」の映画に胸せまり外に出づれば夏空の青
戦場の炸裂音にまじはりし乙女らの歌の声の悲しさ

の二首が見られた。

映画「ひめゆりの塔」については先にも触れたが、「ひめゆりの塔」の題で製作されたのは四作。第一作は一九五三年上映、今井正監督、水木洋子脚本で津島恵子、香川京子、第二作は一九六八年上映で、舛田利雄監督、岩井基成脚本で吉永小百合、浜田光夫、第三作は一九八二年で、今井正監督、水木洋子脚本、栗原小巻、小手川祐子、第四作目は一九九五年で神山征二郎監督、神山征二郎、加藤信代脚本で、沢口靖子、後藤久美子が出演したものである。

親泊が見たのは、前三作のうちのいずれかであるが、第三作は第一作のリメイク版で「前作に比べ、感銘度の薄い平凡作」だと評されたという。

ひめゆりが、沖縄戦を象徴するものとしてあったことは、一九九五年までくりかえし映画化されていたことでわかる。親泊が、どの作品を見たのか明らかではないが、学徒たちの歌う歌に心打たれていた。

一九九五年二月、第二巻第一号には

ひめゆりの乙女含まる写し絵に五十年経しも胸あつくなり
引き締まる面連ねをり朝霞む運動場の乙女の集い

同号にはまた「私の戦争体験」と題して「戦後五十年。いま私達は、平和の世にどっぷりと浸かっている。生命の危険にさらされたり、飢餓に苦しめられたりすることもなく、のどかな日々を送っている」と始まり、昭和一九年、卒業して以後の体験を記したエッセーを発表していた。

二巻一号のあと、八巻四号まで欠かさず作品を発表しているが、ひめゆりを詠んだ作品はなく、九巻一、二号に、

乙女らの潜みし壕はうす暗く石蕗の葉しげり風にさゆらぐ
春の日に子らの呼ぶ声ひびき行く乙女ら潜みし壕のはたてに

眼前に広がる景色見る間なく兵の看護に当たりし乙女ら
手弁当広げ円囲の老女らに過ぎし乙女の姿重ぬる

の四首がある。戦跡をめぐる催しに参加して詠んだもののように思われる。最初の「戦跡めぐり―ひめゆり学徒の足あと」が行われたのは一九九一年三月、以後、九六年まで五年間で六回行われている。親泊が、何年の「戦跡めぐり」に参加したのか分からないが、昼食時間で、弁当を広げていると、それが学生時代の姿に重なったのである。

親泊はその後も途切れることなく作品を発表しているが、第一〇巻から第一五巻まで、ひめゆりを詠んだ歌はなく、第一六巻三、四号（二〇一八年・平成三〇）に

ひめゆりの沿革誌読むに従軍の友ら偲ばれ前に進めず
乙女らの遺影は若き日のままに昔を語るか資料館の部屋

の二首が出てくる。

『ひめゆり―女師・一高女沿革誌―』が出版されたのは一九八七年六月。『続ひめゆり―

女師・一高女沿革誌続編』が刊行されたのが二〇〇四年（平成一六）六月。親泊は、そのどちらを読んだのだろうか。前者であれば「第二部　学園回想」の「五　ひめゆり学徒隊」の章、後者であれば序章「5　戦火をくぐりぬけて」の「(2)学徒隊の手記（解散命令後）」に収められた手記ということになるが、そのどちらも読むにはつらいものがあった。それが、同窓の後輩たちが体験したことだと思えば、いよいよこみ上げてくるものがあって読み進めなかったのである。

親泊は二〇一二年刊行された年刊合同歌集『若夏』に、「過ぎ去りし日々」と題して、「今年で八十年余の歳月を過した私は」として、生まれた頃から小学校時代そして女学校に入った頃までをふりかえったあと、

昭和十九年に卒業した私は、美里国民学校に赴任。翌二十年に沖縄に米軍上陸。美里の知花部落に宿をとっていた私の許へ、両親と姉が避難した。そこから恩納村の冨着へ。四月一日の米軍の上陸以来、五月頃までの避難行が続く。米兵に銃を向けられ、九死に一生を得たものの、夜は山火事に追われる。小満芒種の雨に打たれつつ腹を空かして逃げかくれ。両親にとっても、さぞ苦労の連続であったに違いない。特に、必勝を信じていた

父の心中を思うと、熱いものがこみあげてくる。

その父も、とうとう避難先で亡くなった。残された母と姉、私の三名は、幸いけがもなく命を授かり那覇に帰ることができた。

と書いている。

親泊は、その後「三十八年間主として中学校教諭として勤務」し、「昭和五十七年退職」。「昭和五十一年から沖縄タイムス歌壇に投稿」し、平成四年には「第二十六回タイムス芸術選賞奨励賞」を受賞する。

沖縄県歌話会会員として、親泊は、年刊合同歌集に寄稿しなかった年はなかったように思う。また黄金花表現の会会員として『黄金花』でも毎号数多くの作品を発表していた。親泊はまた歌作だけでなく、数多くのエッセーを発表していて、ひめゆりたちのなかでもとりわけ目立った表現活動をした一人であった。

VI　それぞれの歌

――ひめゆりたちの詠歌

1

一九九六年（平成八）『黄金花』（第三巻第四号）は、『黄金森』についての「特集」を組んでいた。その「書評特集」のひとつに楚南弘子の「沖縄」がある。楚南はそこで「平成七年度の第十九集『黄金森』は戦後五十年という節目にあたり、平和を希い求め、二十一世紀へ、この戦争体験を風化させることなく継承しなければとの、強い決意で編まれた歌集である」といい、「終戦五十年特集と銘打つ歌集にふさわしく、それぞれ個々の戦争体験を生々しく三十一文字の短詩型文字に凝縮されていて胸を打つ」と述べていた。また照屋敏子は「平和への使者『黄金森』」と題して、「作品を寄せた一五九人中、実際に戦争を体験しなかった人は二十人足らずで、その殆どが戦争体験者である。したがって、ただ単に戦争そのものの追憶というよりも、国内で唯一、地上戦という極限状態の中、身をもって体験した苦しみや痛みを、五十年と言う長い年月で濾過した心の底からの叫びを詠んだ歌であり、戦争の傷痕そのものである。きっと作者の中には、消そうとしても消すことの出来ない五十年前の惨事が、日夜蘇り、生きている限り苛まれつづける人も少なくないだろう。」と書いていた。

『黄金森』に掲載されたひめゆりたちの歌は、まさしく楚南や照屋が指摘しているような歌になっていたが、ひめゆりを詠んだのは勿論彼女たちだけではなかった。『黄金森』に発表した歌作をはじめ、他のシリーズにひめゆりを詠んだ作品を発表していたひめゆりたちが、他に何名もいる。ここで、そういったひめゆりたちの歌について触れておきたい。

慰霊の日の休日存続訴ふるがにひめゆりの塔に雨はしぶけり
資料館の遺影の前に佇む従妹二人をうしなわしめて

『黄金森』（一九九五年・平成七）に発表された安室富美子の作品である。

安室は、昭和一七年沖縄県立第一高等女学校を卒業。

ひめゆりの第一回慰霊祭がとり行われたのは、一九四七年四月七日だが、第二回目は一九四八年六月二二日。以後、慰霊祭に関する記録が出てくるのは、一九五一年六月二四日の七回忌慰霊祭（『生き残ったひめゆり学徒たち』二〇一二年六月二三日）、飛んで一九六六年六月二三日の二一回慰霊祭（『戦争と平和のはざまで』一九九八年六月六日）といったのだが、いつから六月二三日に行うようになったのか、はっきりしない。

六月二三日を「慰霊の日」として休日にしたのは一九六一年。一九七二年施政権が返還されたのに伴い、県独自の休日となるが、一九八九年慰霊の日の休日廃止案が提出され、論議が沸騰していく。一九九一年には、廃止案が否決され、沖縄独自の休日として認められ、休日問題は決着をみる。

安室の「慰霊の日」の歌は、一九八九年廃止案が出され、それの決着を見た一九九一年の間に詠まれたものである。『黄金森』が出たのは一九九五年一二月。慰霊の日の休日問題は、すでに決着をみていたわけだが、『黄金森』に「慰霊の日」の歌を発表したのは『黄金森』が、特集「終戦50年」をうたっていたことによるであろう。安室は、六月二三日が休日でなくなると、慰霊祭もどうなるかわからない、という不安を歌にしたのである。

安室は「疎開地の台湾で終戦を迎えた。帰郷後、父と姉兄の三人の死亡を知り、再会できたのは祖母だけ」だったという。

安室は、「二〇年が過ぎぬれど」としてシリーズ16『真玉森』(一九九二年・平成四)には、

ひめゆりの塔に飾られしプランターの百合も悲しむかこうべをたれて
ひめゆりの友の遺影にぬかずけば胸のつかえのゆるぶ思いす

といった、「塔」と資料館の「鎮魂の間」を詠んだ二首を含む一一首を発表していた。「それぞれの歌」を安室の歌から始めたのは、『黄金森』の配列にならってのことである。

夏霞たつ米須の野ぼうぼうと常乙女らのたゆたひてをり

先にも引いたが、大城美枝子のひめゆりを詠んだと思われる一首である。大城は昭和一三年沖縄県立第一高等女学校卒。戦中戦後、「仕事の都合で、九州から東北まで七、八回の転居をくりかえし、ついに故郷に辿りついた。四十六年ぶり、八年前（一九八七年、注引用者）のことである」と、コラムにある。

大城は、シリーズ13『鈴富』（一九八九年）に「帰郷」と題して一一首発表、その中に「以下七首慰霊の日」として右の歌を含む、次のような歌を並べていた。

阿檀葉のこむら岩かげ野に溢るるかなしみありて吾をいざなふ

碑の前に並みゐる人等老いて読経の声に驟雨降りそそぐ

奉る花から花を黒揚羽ゆるゆるとべりはしり雨すぐ

大城は、慰霊の日に同窓生たちが亡くなった南部の「山野」をめぐったあと、ひめゆりの塔に参拝したのであろう。学徒たちのまぼろしが眼前し、悲しみがおしよせてくる。慰霊祭への参加者の高齢化、捧げられた供花の間を舞う「黒揚羽」。蝶は、「あの世からの使者といわれている」(仲宗根政善『沖縄今帰仁方言辞典』)とあるように、亡くなった学徒たちの魂が、現れたと感じられたのである。

九十歳の長寿迎えし恩師らの白寿祈りしに夢と消えゆく

岡村トヨの一首。岡村は、大正三年生まれで、沖縄県女子師範学校卒業。『黄金森』の刊行されたのが一九九五年一二月。岡村は、その時八一歳。「恩師ら」が、「白寿」・「九九歳の賀の祝い」まで元気であって欲しいと思っていたのに、それは夢になってしまった、というのだが、その「恩師ら」の一人に、仲宗根政善もいたであろう。仲宗根が亡くなったのは一九九五年の二月、仲宗根の死を悼んで詠まれたものであったようにも見える。

岡村の作品も、シリーズ16『真玉森』（一九九二年・平成四）に

また一人学友の逝けりと伝え来る共に学びし日の面輪顕つ
去年一人逝きしに今年もまた学友の減りゆく侘し黄昏に水をやりつつ

の二首が見られる。ひめゆり学徒隊を対象にした歌ではないが、ひめゆり同窓生を歌ったものとして取り上げておいた。

岡村は、「昭和十七年に旧満州新京特別市の三笠在満国民学校に赴任した」という。ひめゆり学徒たちの先輩は、そのように植民地の学校にも配置されたのである。

身に残る弾の破片の今だにもうづきつつむかふる戦後五十年

奥浜春子の一首。奥浜は大正五年生まれ、昭和一〇年、沖縄県女子師範学校本科第一部卒。四五年当時、小禄第一国民学校へ勤務していた。岡村の歌同様、ひめゆり学徒隊を詠んだ歌ではないが、ひめゆり同窓生の戦場体験詠としてとりあげた。

ひめゆりの友は還らず別れの曲むせびて歌ふ七十路われら

小渡千代子の一首。小渡は、昭和一四年沖縄県立第一高等女学校卒業、昭和一六年沖縄女子師範学校第二部卒業。略歴に「昭和十六年四月より昭和二十一年まで国民学校訓導勤務（沖縄で）」とある。別の項でも触れたが、慰霊祭に参列した時のことを詠んだものであろう。

小渡は『黄金花』表現の会に所属し、毎号作品を発表していて、一九九七年九月、第四巻三号、通巻一五号には「六月忌」として一三首発表。次にあげるのは、その中の三首である。

ひめゆりの少女の生家に無風の風花びらゆれて滴をこぼす
友垣は黙し祈りぬ白百合の並び咲く見ゆひめゆりの塔
生き残りし友の祭文せつ〳〵と胸えぐらるる戦場の惨

『ひめゆり日記』一九七七年九月九日の中に、仲宗根政善は、屋良ヨシ子の遺家族をたずねた時のことを書いていた。「田園の中に二、三軒、家が建って」いるようなところで、「戦前のままのたたずまい」そのままで、「仏壇をのぞくと新しい位牌は安置されて」なかった。ヨシ子がひめゆりの塔のある第三外科壕で亡くなった話をすると、ヨシ子のおじいさんが「あなたは現場にいたのですか」とただした。

仲宗根は、生き残った生徒から聞いたことで、現場を確認したのではないと口ごもると、おじいさんは「昔から七年の法事をすまさない間は、人の生死はわからないものだ。ヨシが死んだことをたしかに見とどけたというならともかく、七年後に生きてかえったという例もあるのだから、私は今のところヨシが死んだとはおもっていない。どこでどう生きていて、いつ帰ってくるかわからない」という。仲宗根は、身の置きどころをなくしてしまう。「ひめゆりの少女の生家」を読むと、優秀な子供を失った家のひっそりとしたさまが思い浮かぶ。

一九四〇年（昭和一五）、女子師範一部に入学した『ひめゆり一五年会』のメンバーは、一九八七年（昭和六二）九月から一九九三年（平成五）一一月までの間に、一五人の「仏前参り」を行っていた。その記録を、吉村秀子は「仏前参りの旅」と題して残している。その一三回目にあたる、一九八九年（平成元）一一月一二日に行った山里トヨの「仏前参り」についての記述に、かつて（一九五二）、仲宗根政善と一緒に訪ねた時、父親が、娘の写真を懐から取り出して「肌身離さず持っています。夜も一緒です」と、涙を流したこと、一九四九年（昭和二四）の旧七月七日には、「弔いの言葉」を供えたといったことを話していたと書いた後、その「弔いの言葉」を引いていた。それは、次のようなものである。

「トヨさん今日はお前が沖縄戦に犠牲になってから五年目の七夕で、墳墓に納骨するに当り、父として弔いの言葉を述べたい」

「五年目の今日まで神と祭らず納骨しなかったのは、終戦後の調査により、お前は行方不明と新聞に発表されたので、若しや奇跡といふこともある、何処かで生きてはいないだろうか、希くば生きてゐるよーにと念願したからだ」

「お前は最後を遂げた事と思う。汗まみれの汚れた着物を着て、ひもじいなー、アガイヤーッサァを連発したでしょう。弾傷で痛いなー、痛いなーと連発したでしょう。アガイマンナー、アガイマンナーを連発しつつ冷たくなったでしょうか。最後を見届けなかった両親は、斯く思へば実に何とも云へない悲しみで、只々、顔をおほうばかりである。純真無垢のお前には救いの神はなかった」

「なんでこの父に長生きの希望があろう。然しお前に罪はない。親不孝はない。すべてこの父の罪だ。学校を出したのが過りだ。この父が悪かった。許せ。この父もいつかは抱き合ふ時期があらう。」

「父はこの弔文を書くに涙で綴った。吾々はこうなるものとは知らなかった。あー悲しいなー悲しいなー悲しいなアタラカノトヨサンヤー」


屋良のおじいさんがそうだったように、娘の帰りを待ち続けていた親たちがここにもいた。そのあきらめることの出来ない思いと、どうにかふんぎりをつけないといけないといった思いの交錯する中で、娘を学校にやったのは自分の過誤だったと、自分をせめる親の姿は、あまりに悲しい。

吉村は、この弔文をひいた後に、「ご両親はトヨさんの許への早い旅立ちだった」と書き添えていた。

山里トヨの父親の弔文がまさにそうだが、同窓生によって読まれる慰霊祭の祭文もまた「胸えぐらるる」ものがある。それを詠んだのが、「生き残りし友の」の一首である。

塔の辺の香煙にのり流れゆくひめゆりの校歌師や友顕たす

岸本ひさの「学童疎開」二〇首の中の一首。岸本は、大正九年生まれ。沖縄県立第一高等女学校、沖縄女子師範学校本科第二部卒業。

疎開を詠んだ歌が、数多く見られるなかで、ひめゆりを詠んだ歌は一首だけ。慰霊祭に参加した時のことを詠んだものである。

岸本がひめゆりを詠んだ歌はシリーズ17『真玉縄』（一九九三年）に「少女期の学園並木路顕たしめて相思樹の花いまを盛れる」、シリーズ24『世襲森』（二〇〇〇年）には、

陽暮るるもガリ版刷りて励みたる女教師吾らみな若かりき
半世紀経て集ふれば友らみな髪に霜おき面輪おだしも
戦中の惨も戦後の貧困も越えきし友ら話題たくまし

の三首が見られる。頑張った「女教師」時代、髪が白くなり始めたころの同期会、そして

お互いが困難な時代を生き抜いて来たことの確認を詠んだもので、そこには、一線に立って頑張って来たという思いがこめられていた。

　黄の花をゆたかにつけし相思樹に青き野朝顔まつわり咲けり

　知念京子の「疎開の思出」の中にある一首。知念は、大正四年生まれ。沖縄県立第一高等女学校卒業。昭和一九年、本土疎開。終戦後、沖縄にもどり「戦に散った人々を悼み法要し、なれぬ農業の苦労も味わった」という。

「相思樹」といえばひめゆり学園、しかも一高女出身ということになれば、すぐに学園の相思樹を連想するが、知念が詠んだのは、学園のそれではなく、普通にどこにでもある相思樹を詠んだものであろう。

　シリーズ5『綾雲』（一九八一年）に

　学び舎を巣立ちしままに消息の途絶えし友ら集い来たれり
　離れゐし四〇余年すぐに埋め固く手握る熱き心に

の二首がある。知念にはまた

孔雀草咲けばなつかし杳き日の高女の庭に愛でしその花（22『玉黄金』一九九八年）

がある。

善平治子は「思い出」として、校門の相思樹並木、テニスコート、学校裏のくすの林等とともに「孔雀草」をあげ、「寄宿舎の寮と寮との間の中庭には、孔雀草が生い繁って、黄色い花をいっぱい咲かせていました。入学して、はじめの二ケ年程は寄宿舎と同じ棟の、食堂に近い教室で、窓の両側は季節になると孔雀草でいっぱいでした。なよなよと風にゆられて、殊に雨の日などは、銀糸のような春雨にぬれてゆれているさまは私の心をとらえました」と回想していた。善平と同じような思い出が、知念にもあったのである。

『綾雲』の歌は、孔雀草を見て思い出した「高女」時代から、「四〇余年」たってもなお熱い心で結ばれている学友たちのことを詠んだものである。

『ひめゆり同窓会会員名簿』を見ると、「沖縄県立第一高等女学校　昭和七年卒（第二七回一五六名）」の中に、知念京子の名前がある。同七年一高女卒の源河米子に「農業実習、お弁当のことなど」（『ひめゆり』）と題した随想があるが、源河はそこで、必要にせまられて野菜作りなどするが相変わらず下手であると書いたあとで「先日のクラス会であの頃の弁当が話題になりました」と書いていた。「先日のクラス会」が、いつだったのか特定できないが、『ひめゆり』が「執筆と編集作業」にとりかかったのが一九八三年、そして発刊されたのが一九八七年。五年ばかりの幅があり、「四〇余年」はぎりぎりだが、「友ら集い来たれり」は、その時のことを詠んだもののように思われる。

いずれにせよ、長い間離れていた「友ら」との再会がうれしかったのは、戦争そして戦後の動乱を乗り越えてのものであっただけに、言葉につくせないものがあったにちがいない。

知念は、二〇〇三年に、歌集『陽の輝き』を上梓している。

生きてある後ろめたさを推して入る資料館にとよむ砲の響き
見上ぐればそのかみ学び一筋に励みし友の清き瞳よ

仲本のぶの作品二首で、前に紹介したものである。

仲本は「昭和十四年沖縄県立第一高女卒業、昭和十六年沖縄県立女子二部卒業、昭和十六年四月より国民学校訓導。昭和十九年八月より二十一年三月まで宮崎県北諸県郡山之口国民学校。戦後帰郷」と略歴にある。

仲本は、いわゆる疎開組である。ひめゆりたちの疎開については『資料館だより』第八号から第一一号、そして『戦争と平和のはざまで——相思樹会の軌跡』(ひめゆり同窓会相思樹会　一九九八年六月六日)に数多くの手記が残されている。疎開組にとっては、遠慮があって、沖縄戦で亡くなった後輩たちの遺影が飾られた資料館に入るのはためらいがあったのである。

仲本は、その二首を含めシリーズ13『鈴富』に

生きてある後ろめたさを推して入る資料館にとよむ砲の響き
美化してはならじと思ふも迫りくる乙女らの清さ証言集に満つ
見上ぐればそのかみ学び一筋に励みし友の清き瞳よ
秀才と言はれし友のあたら命うばひて行けりむごき戦は

乙女らの清さ悲しさ口惜しさ証言集の前去りがたし

の五首を発表していた。

第四室の書見台に置かれた「証言集」は、戦争の実態をあますことなく伝えていた。ひめゆりたちの歌を読んでいくのに、「証言集」を多用したのはそのためであるが、「証言集」の前に立ち尽くしてしまうのは一人やふたりではない。「証言集」を読むと、悲しさや口惜しさがこみあげて来る。そのどうしようもない思いを仲本は歌にした。

シリーズ22『玉黄金』（一九九八年）に「無念なる若き命を共に哭く陽はかっと照り炎かくあらむ」「ほとばしる平和への願い語り部の熱き思いを目のあたりせり」がある。ひめゆりの文字は見えないが、亡くなったひめゆりを悼んだ歌、そして生き残って「語り部」として活動しているひめゆりたちを詠んだものである。シリーズ23『世果報』（一九九九年）に発表された「級友らこまごまと語る遠き日の幻影の那覇戦場のこと」もそうで「級友ら」はひめゆりの友達をさしているであろう。

仲本は「わがふるさと那覇」で、大きな店がたち並び、港にも近く、活気にあふれた通堂で育ったこと、その町が十・十空襲で焼けたこと、「戦後、復興開発の名のもとに破壊も多く美しい景観も失われた」と書いていた。そこに、彼女が学んだひめゆり学園のことは、出て来ないが、「美しい景観」のひとつに、学園があったことは間違いない。

年毎に友の減りゆく同期会想思樹並木母校は遥か

與那嶺眞子の「学童疎開」と題した作品のなかにみられる一首である。与那嶺は、昭和一二年三月、沖縄県立第一高等女学校卒業。昭和一九年八月、疎開学童引率熊本県訓導。「終戦の翌年の秋疎開学童と共に熊本より帰還」した。『黄金花』には、疎開を詠んだ歌が多く見られる。その第二巻第一号（一九九五年二月）には、「いくさ世の疎開学童引率の五十年の夏巡り来ぬ」がある。同歌集に発表された他の歌が、『黄金森』にも見られる。

2

『黄金森』に登場しているが、ひめゆりを詠んだ歌が見られない、ひめゆり学園出身者の作歌者がいる。そのひとりが上里きよである。

戦さへなくば吾子も死なざりき異郷に飢えし稚児思ふも
沖縄は玉砕なりと告げられし日よ帰る島なし共に死なむと
玉砕と伝ふる島へ稚児の骨抱きて帰る寒き夜半の汽車
妹らも此処に倒れしか白骨のかけらのひとつ岩陰に拾ふ
戦争に追われし人らが身を投げし摩文仁の海の盆月夜かも
妹よ甥よ姪よと叫べども摩文仁が岳に聞ゆる潮騒
草荒るる屋敷の小屋に香煙る六月二十三日激戦地摩文仁

上里きよの「島影」に収められた二〇首のなかの七首。戦争で亡くなった子供、妹、姪、甥そして全滅した一家を詠んだ歌は、戦争が、いかに惨いものであるかを照らし出していた。

上里は一九〇九年（明治四二）生。昭和三年沖縄県立高等女学校（県立一高女の前身）卒業。昭和二〇年三月三日最後の疎開船で鹿児島へ、「乳呑児を含む七人の育ち盛りの子等をかかえた疎開先（大分）での生活は、女一人の細腕には身に余るものがあり、その苦しみは筆舌に尽くせぬものであった」という。敗戦後、「栄養失調で亡くした乳呑児の遺骨を胸に、やせ細った六人の子等を引き連れ帰郷した時のあの驚きと悲しみと怒りを」忘れることはできないといい、「一面焦土と化した那覇や首里、加えて妹夫婦五人と甥姪十一名の死亡に骨の髄まで戦憎しと思った」という。七首は、その慟哭の記録ともなっている。

上里は、年刊合同歌集の常連で、たくさんの歌を詠んでいるが、少なくとも合同歌集のシリーズにはひめゆりを詠んだのはみあたらない。一九八七年（昭和六二）年には『山の旅』、翌八八年（昭和六三）には『受水浜』の二冊の歌集を出版している。

寡黙なる父の率てゆく台湾の屏東という地名の響き
若き母の手渡す浴衣ひろげ見て高砂人は赤き帯欲る
杉並区和田本町にも火はせまり逃れ伏す青麦の畝流れる火の粉

平良トヨの「人の子よ」（『黄金森』所収）二〇首のなかの三首。

平良は、大正八年生まれ。沖縄県立第一高等女学校卒。自己紹介欄に「安里の女子一高女南寮十五号室の新入生時代は新鮮であった」とある。

卒業後、宮古島離島の小学校を転々とした後、結婚し、上京、東京杉並区に住む。戦後は、大阪に定住。『黄金花』（一九九六年五月）第三巻二号に、杉並時代のことを回想した「私にとっての戦争」がある。

シリーズ20『黄金雲』（一九九六年）に

希望《のぞみ》ゆたけし幸多かりしと学園を歌ひし人の戦後をしらず

がある。

平良が、引用している「希望《のぞみ》ゆたけし幸多かりし」は、春成キミノ作詞、久木原定助作曲になる「想思樹」の二番に詠まれている「のぞみゆたけく幸多かれ」を引いたものである。平良は、春成の「戦後」が気になっていたのだろう。金城善子の「春成キミノ先生の思い出」（『ひめゆり同窓会　東京支部55周年記念誌』）によると「想思樹」の歌は、「昭和七年頃にみんなに親しまれた」歌であるという。

五十回忌のミサあげ帰れば微笑める良太よいつまで中学二年
御国の為死ねと教へしわれの眼にあざらけし教え児の名よ平和の礎

桃原邑子の「切り裂かれても」の中の二首。桃原は「昭和二十六年の八月、戦後初めて里帰りした時、教え児たちの戦死を聞いた」という。「御国の為」の歌は、そのことを詠んだ一つである。「五十回忌のミサ」は、桃原が詠み続けた息子「良太」の戦死と関わる、戦争詠歌の一つである。

四月二十九日、弟戦死の日付なり信じ難くも信じる悔し
明日はいざ戦に出でむ覚悟もて綴りし日記十九の春を

並里芳子の「平和なら」二〇首の中の二首。並里は、昭和一五年沖縄県立第一高等女学校卒、昭和一七年沖縄県女子師範学校二部卒業。『黄金森』には、ひめゆりを詠んだ歌はなく、弟の戦死を悼んだ歌と、旅の歌が集められているが、『黄金森』の前年発刊された『黄金花』(一九九四、二)第一巻第一号・創刊号には、次のような歌があった。

髪染めてせめてむかしを装ひぬ昭一五会期待のたびなり

思い出は乙女のままを相見ての歳月の重みぞ哀しかりける
学終へて五十三年はろぼろの再会成ると笑む友の声
久々の友と三人相部屋のベッドに語るみじか夜やふけぬ

「いちご会」の題で発表された六首のうちの四首である。
「昭一五会」は、昭和一五年、二部卒の会であるかと思うが、「むつみ会」（『ひめゆり』）と題された座談会をみると、卒業生二四名のうち、健在なのは一九名。座談会が開かれたのは、一九八三年から八七年の間のことで、「学終えて五十三年」とあるのをみると、それからほぼ一〇年たっていて、学友はさらに減っていたのではないかと思う。それだけに、いよいよなつかしさの溢れる旅となったにちがいない。
五三年ぶりに再会し、夜が更けるまで語りあったのは、どんなことだったのだろうか。座談会（「むつみ会」）には、戦後も決して平穏な道ではなかったが、「何が心の支えになったのかしら」というBの言葉に、
C「いろいろとあると思うけれど、ひめゆり同窓会員だという誇りは、常に私達の自覚を

促したと思うわ。」

D「同感ね。あのいまわしい戦時中は、皆命がけだったわけだけど、ひめゆりの塔に祀られている二百余名の方々の尊い犠牲は、私達同窓生の励ましであるばかりでなく、今後もすべての人々に戦争のむごさ、むなしさを、無言で訴え続けるのよね。」

A「それにしても、いつかひめゆりの塔だけが残り、卒業生はひとりもいなくなってしまうのね。それが生きとし生ける者のさだめなのだから、せめて紀元前から今なお残るポンペイの遺跡のように、永遠に失われない資料館を建てて、平和のあかしにしたいものね。」

困難な時代を生きて来た心の支えになったのは「ひめゆり同窓会員だという誇り」であった、というのである。そしてさらに「ひめゆりの塔に祀られている二百余名の方々の尊い犠牲」が、「同窓生の励まし」になっているという。

「むつみ会」の座談会で話されていた「誇り」や「励まし」は、決して「むつみ会」だけが抱いていたものではなく、他の女師一高女出身者にも共有されていたのではないかと思う。

3

これまで沖縄年刊合同歌集『黄金森』に登場してきたひめゆり学園出身者のひめゆり詠歌を見てきたが、沖縄年刊合同歌集以外で歌作を発表しているひめゆり学園出身者も少なくない。

敗走の兵らと泥にまみれつゝ友の行きける道今し過ぐ
手榴弾投げ自ら果てしとう友の坐せるはこの岩陰か
集いては亡き友のこと師のことが話題の吾らひめゆりの友

『ひめゆり同窓会誌　東京支部35周年記念全国版』（一九七五年・昭和五〇年五月一日）に掲載された仲尾次祺子「ひめゆりの塔の友を悼む　十首」のうちの三首である。
同じく『ひめゆり同窓会　東京支部55周年記念誌』（一九九五年五月二〇日）には、「短歌・詩」の項に城間千代「折々に歌う」八首、真栄田八重の「卒業六十周年　沖縄の旅によせて」四首、砂川しげ「ひたすらに翔ぶ」五首、鉢嶺トミ「いま命ありて」五首、和田徳子「沖縄の戦跡をめぐって」八首、新里光子「私の鎮魂歌」七首などが収録されている。
『ひめゆり』には、一九三一年（昭和六）、一高女を卒業した大山しず子の「母校の思いで」と題した七首、琉歌二首のなかに、次のような歌が見られる。

相思樹の花散り敷きる校門のかすかな香りも今はなつかし
相思樹の並木通ひし乙女の日共に学びし友を思ひぬ
そのかみに学びし母校今はなく同窓会員思ひ出語る
ひめゆりの花は咲けども散りゆくを惜しく思ひて会誌に咲かす
首里の間で校歌うたへば在りし日の母校偲びてなつかしさ増す

相思樹の香り、共に学んだ友だち、母校の思い出、同窓会で歌った校歌といったことを詠んで同窓会誌に寄せていた。

相思樹の花降りそそぐ塔の前逝きにし学友《とも》の面影偲ぶ
ひめゆり忌半世紀経し今も尚「別れの曲《うた》」に胸の痛みぬ

『花ゆうな』（一九九八年）第四集に掲載された平良緋手代の「木曳門」に見られる二首である。平良は、大正一三年生まれ。昭和一四年沖縄県立第一高等女学校入学、昭和一八年沖縄師範学校女子部本科入学。昭和二〇年三月、沖縄本島北部へ避難。一九八九年（平成元年）から一九九四年（平成五年）までひめゆり平和祈念資料館の証言員として展示物の説明にあたった。

『花ゆうな』四号に登場した平良は、そのあと、

慰霊祭校歌静かに流れゆく御霊安かれひめゆりの友（第五集）
七十路の学友の集える「はたち会」話題さまざま憂さもわするる（第六集）
相思樹の梢を渡る風の音逝きにし学友らの声ぞ聞こゆる（第七集）
相思樹の花は今年も咲き初めぬ遠き思い出母校の並木（第九集）
「海ゆかば」歌ひし学友《とも》のいまは亡くひめゆりの塔にその名とどめて（第十集）

といった歌を発表していた。

平良は、開館から五年間、ひめゆり平和祈念資料館の証言員として活動している。学徒隊として戦場に出たいわゆる「ひめゆり学徒隊」の生き残りが中心になっていた証言委員のなかで、平良、喜納和子そして福治秀子の三名は異色といえた。平良は北部への避難組であったし、喜納と福治は本土への疎開組であった。

喜納は、「次世代のみなさんへ」に「資料館の建設準備をしていたときは、大分に疎開した私が証言委員になるとは思ってもみませんでした。『私たちだけ生き残ってごめんなさい』と級友に詫びる気持ちで証言委員を始めました」（『ひめゆり平和祈念資料館20周年記念誌　未来へつなぐひめゆりの心』二〇一〇年三月三一日）と書いていた。

平良の「次世代のみなさんへ」の欄は空白になっている。それは心中の思いがそれだけ複雑であったことを語っていようが、多分、喜納と同じ思いで証言委員として資料館にたったのであろう。

『黄金森』だけでなく、他のシリーズにも作品が出て来ないため、つい見落しがちになるが、平良のような作歌者もいるのである。

『黄金花』（二〇一四年）第一二巻第一号、通巻四一号は「対談　三枝昂之・平山良明と行く　ひめゆり部隊の死線　歌は命を見詰める心に生まれる」と「〈吟行会〉ひめゆり学徒が辿った沖縄戦の死線」を特集していて、そこに島袋俊子の「友との出会いに感謝」、喜屋武延子の「悠久の平和を祈りて」が収録されていた。

　ひめゆりの死線を辿る吟行は重き心に「別れの曲」は

島袋は、当時、一高女三年生だったこと、寮が空爆されたこと、父に説得され母親と一緒に国頭に避難したこと、そしてひめゆり資料館について触れた後、「生かされた者が斯うしてひめゆり部隊の死線を体験する吟行会に参加出来たことに感謝。別れの「曲《うた》」を捧ぐ。」として、右の一首を含む五首を詠んでいた。

　ひめゆりの友の御霊を鎮めむといろいろの供花慰霊碑に匂う

喜屋武延子の一首である。

喜屋武は、「一高女四年の七月疎開、島根県立津和野高女に転入学、十月より終戦まで十一ケ月間、学徒動員で呉海軍廠製鋼部機械工場の旋盤工でシリンダーや人間魚雷の部品等を作っていた」といい、呉での戦争体験を記した後、昭和三四年帰沖、その後毎年慰霊祭に参加、資料館で恩師や級友の遺影と対面したといったことを書いていた。

喜屋武もまた、「疎開で戦場を共にすることが出来ず申し訳ない気持ちで一杯」だといい、「此の度の吟行で戦場の後を辿り、傷病兵の看護や水汲み等、ご苦労の上命を捧げた友を偲び感無量だった」といい、右の歌一首を含む五首を詠んでいた。

島袋は一高女三年生、喜屋武は一高女四年生、彼女たちの同級生たちの多くが戦場に出ていって亡くなっていた。島袋が「南部路の友の足跡尋ぬれば辛《つら》さ果《はか》なさせつなさつのる」と詠んでいるように、その旅は、つらく悲しいものであったといっていい。そしてそれは精神的なつらさだけでなく喜屋武が「八十五歳傘を杖にし山登る南風原の壕亡き友偲びて」と詠んでいる様に、身体的にもきびしいものがあった。友を偲ぶあつい心があって出来た吟行であったといっていい。吟行会がなければ、生まれなかった歌であることだけは間違いない。

ひめゆりたちは、時に触れおりにつけ、ひめゆりを詠んでいた。そして多くのひめゆりが年刊合同歌集のシリーズ、とりわけ「終戦50年」号になった『黄金森』に歌を寄せていたのだが、もちろん、彼女たちだけでなく、他にもひめゆりを詠んだひめゆりたちがいたのである。そしてそれは、ここで取り上げて来た以上に、まだたくさんのひめゆりたちの歌があるはずである。

おわりに

一九三八年（昭和一三）七月刊『姫百合』一三号に、「相思樹の花」と題した次のような歌が掲載されている。

乙女子の靴音軽く相思樹の並木の奥に春や又来し
相思樹の花のにほひのその下にかはずの声のかまびすしき朝
相思樹の花は若葉にうづもれてしみらにともる街の灯のごと
相思樹の思ひは淋し、春深み朝の空の故里の家

新垣源蔵の詠歌である。

新垣は、一九三七年（昭和一二）八月三一日付けで女師の教諭に任命され、理科を担当した。理系の専門で、短歌を詠んでいたということでは異色の教諭であったように見える。

新垣の歌は、相思樹の並木をさっそうと歩いて行く生徒たちそしてその香りと蛙の鳴き

かわす声といった視覚、嗅覚、聴覚を動員したような歌であり、また、相思樹の若葉の間に見え隠れする花が、町の灯りのようだといい、相思樹の誘い出す懐旧の情を詠んでいた。相思樹は、そのように時に溌剌とした光景を、時に街の灯りや故郷の風景を思い出させてしんみりとさせた。

新垣の歌は、日中戦争が始まっていたとはいえ、まだまだ戦争は遠くにあったころのものである。歌は、生徒たちが普通に学べていた時代、赴任してきた教諭に、学園の相思樹並木が、どのように映っていたかを鮮明に示すものとなっていた。

相思樹の並木の路はなつかしきともしびとなり我をささえん（昭和三年卒玻座間春）
相思樹の花散り敷きる校門のかすかな香りも今はなつかし（昭和六年一高女卒大山しず子）
相思樹の並木くぐりてたわむれし若夏のころ夢でまたみん（昭和一六年女師卒奥平晃世）

玻座間、大山、奥平の歌は、同窓会誌および沿革誌に回想文を収録するということで書かれた文章の中に見られるものである。相思樹並木を懐かしんだもので、戦後になって詠まれたものである。

相思樹はそのように、さまざまな思い出とともにあり、その香りがなつかしいものであり、心の支えとなっているというように、この上ない大切なものとしてあった。

相思樹の並木のそよぎ今はなくひめゆりの学窓まぼろしに顕つ（城間千代）

地上戦で学園も相思樹並木も消え、思い出の中にあるものとなってしまった、というのである。

その相思樹が、戦後、ひめゆりの塔のまわりに植えられていく。

（ひめゆりの）塔を囲んで、相思樹がやわらかな緑の蔭を投げている。相思樹は、大正のはじめ、大道の新校舎が出来て間もない頃、大通りから校門へと通う道の両側に並木として植えられた。年月を経てかなりの大木に育った双方の枝は、頭上高く重なりあってアーチ型のトンネルをつくり、朝夕くぐりぬける生徒たちの制服に木漏れ日を映していた。それは、新入生の登場と卒業生の退場の花道でもあった。いま、その相思樹は、塔に眠る教師と生徒たちを静かに見守っている。（『ひめゆり』）

かつて「新入生の登場と卒業生の退場の花道でもあった」相思樹並木は消えてしまったが、戦後、ひめゆりの塔のまわりに植えられ、「塔に眠る教師と生徒たちを静かに見守っている」というように、相思樹は、戦前とは異なる思いを誘うものになっていく。そしてそれは、次のような歌となって表れてくる。

相思樹の樹々わたりゆく風の音亡友《とも》の声かと耳澄まし聞く（上江洲慶子）

上江洲の歌は、かつての相思樹を詠んだ歌とは全く異なるものとなっていた。上江洲の相思樹の歌は、学友たちの心をときめかせた相思樹に吹く風の音が、「亡友の声」に聞こえてくるというように、亡くなった者たちの声を思い起こさせるものとなっているのである。それは、ひめゆりが詠んだひめゆりたちへの挽歌といっていいだろうが、青春を沸き立たせた相思樹が、友を悼む相思樹へと変わっていたのである。そしてそれは、とりもなおさず、そのような痛ましい思いを二度と後生にさせたくないという願いに発していた。

女師一高女の生徒たちに愛された相思樹に寄せて詠まれた詩をひいて終わりにしたい。

新聞をひろげると
手のひらに包みこみたいような
ふっくらした小鳥の写真が目にとびこんできた
ソウシ鳥
思わず涙がにじんだ

砂糖きび畠のあいだを
学校の門までのびた白い道は
想思樹の藍色の影がすがすがしかった
ゆたかな緑の葉と黄色い小さな花は
やさしく私たちを迎えてくれた
しかし、今はもうそれがない
戦争は私たちの想思樹を消してしまった

ソウシ鳥という名のお前は
想思樹の花を知りませんか
まるい小さな花を
どこかで見たことがありませんか

私はいま、この花を手のひらにのせたい
もう一度想思樹の並木道を歩いてみたい
ソウシ鳥よ
想思樹の黄色い花をさがしてきて
私の手のひらにおいてください
(一九九三年十一月記)

一九二八年(昭和三)第一高等女学校を卒業した松本ツルの「想思樹の花をください」(『ひめゆり同窓会　東京支部55周年記念誌』)と題した一編である。

あとがき

『黄金森』には登場しないが、その他の年刊合同歌集シリーズで数多くの歌を発表してきたひめゆり学園出身者のひとりに新崎タヲがいる。これまでとりあげてこなかったのは、彼女の歌に、ひめゆりを詠んだ歌がないということによるのではなかった。

乙女らの青春《はる》なく逝きしあわれさに詫びつつ祈る永久の平和を

シリーズ12『鈴鳴』（一九八八年一二月二一日）に発表された一首で、明らかにひめゆりを詠んだと思われるものである。それは、新崎が、沖縄県立高等女学校の卒業生であるということによる。

新崎は、一九一一年（明治四四）生まれ。昭和二年沖縄県立高等女学校卒業。沖縄戦終結50年記念号『黄金花』（一九九五年九月一日）第二巻第三号には、

というのがあった。

新崎には歌集もある。それだけによく知られた作歌者の一人だといっていい。ひめゆり学園出身者ということでいえば、真っ先にとりあげるべきであったという思いがないわけではない。

そうしなかった理由は『黄金森』に作品がなかったということであった。もしその枠を取り外して見ていくということになると、新崎だけにはとどまらないということによる。ひめゆり学園出身者の作歌者は、数多くいるのである。

そこで、『黄金森』という枠を設けて見ていくことにしたのである。その枠内だけでも、数多くの作歌者がいた。その範囲だけでも、精一杯であったということで、新崎をはじめ他の作歌者たちについては、断念せざるをえなかった。

ひめゆりというと、ひめゆり学徒隊やひめゆりの塔がすぐに思い浮かんでくる。取り上げた歌のほとんども、ひめゆりたちの戦争とかかわるものが中心になっている。歌を取り上げながら、歌そのものについて述べる以上に、歌の出所というか、歌と関わりのある証言を引いてきたのは、ひめゆりたちの戦争、ひいては沖縄戦を浮かびあげたかったためである。

新崎が詠んでいるように、ひめゆりたちのひめゆり詠歌が、何を祈って詠まれたかはっきりしている。それがどれだけうまく伝えられたか心許ないが、歌がより切実に感じられるものになっていて欲しいと思う。

二〇二二年七月　仲程昌徳

仲程《なかほど》　昌徳《まさのり》

1943 年　南洋テニアン島カロリナスに生まれる。
1967 年　琉球大学文理学部国語国文学科卒業。
1974 年　法政大学大学院人文科学研究科日本文学専攻修士課程修了。
1973 年　琉球大学法文学部文学科助手。
1985 年　琉球大学教養部教授。
2009 年　定年で退職。

【主要著書】
『山之口貘—詩とその軌跡』（法政大学出版局、1975）、『沖縄の戦記』（朝日新聞社、1982）、『沖縄近代詩史研究』（新泉社、1986）、『沖縄文学論の方法 』（新泉社、1987）、『伊波月城』（リブロポート、1988）、『新青年たちの文学』（ニライ社、1994）、『小説の中の沖縄』（沖縄タイムス社、2009）、『沖縄文学の諸相』（ボーダーインク・以下同、2010）、『宮城聡』（2014）、『雑誌とその時代』（2015）、『沖縄の投稿者たち』（2016）、『もう一つの沖縄文学』（2017）、『沖縄文学史粗描』『沖縄文学の一〇〇年』（2018）、『ハワイと沖縄』（2019）、『南洋群島の沖縄人たち』（2020）、『沖縄文学の魅力』、『ひめゆりたちの春秋』（2021）、『沖縄文学の外延』『続・ひめゆりたちの春秋』（2022）。

ひめゆりたちの「哀傷歌」

2023 年　1 月　31 日　初版第一刷発行

著　者　仲程昌徳
発行者　池宮紀子
発行所　ボーダーインク
〒 902-0076　沖縄県那覇市与儀 226-3
電話 098-835-2777　ファクス 098-835-2840

印　刷　でいご印刷

ISBN978-4-89982-440-4